IL POTERE DI ADE

ELIZA RAINE

*Per tutte coloro che sono certe
di avere una dea dell'inferno dentro di sé...*

UNO

Sangue. Ovunque guardassi c'era sangue. E fuoco. Le fiamme lambivano i corpi che giacevano immobili.

Che cosa hai fatto?

Cercai di sollevarmi barcollando, ma un'ondata di vertigini mi investì e caddi di nuovo in ginocchio, senza sentire dolore quando cozzarono contro il terreno roccioso. L'unica cosa che vidi fu il sangue cremisi che schizzava sul mio vestito bianco.

Che cosa hai fatto?

«Persefone?» Qualcuno stava ruggendo il mio nome, così mi voltai, con il calore che mi bruciava la pelle del viso. «Dove sei?»

Non feci rumore. Non volevo che mi trovasse. Non potevo permettere che qualcuno mi trovasse. Non avrei potuto affrontarli tutti quando avrebbero capito che era colpa mia. *Non potevo affrontarlo.* Il mio sguardo si posò sul corpo di una donna a soli sei metri da me. Il suo volto era sereno, nonostante la pelle che bruciava. Calde lacrime mi rigarono le guance.

Guarda cosa le hai fatto. Guarda cosa hai fatto a tutti loro.

Un dolore insopportabile mi lacerò la testa mentre lo sentivo urlare di nuovo il mio nome. Io non potevo vivere, mentre loro bruciavano.

DUE

«Persy? Non è un nome da maschio?»

Mi trattenni dal replicare prima che qualche risposta poco cortese potesse sfuggirmi dalle labbra, costringendomi a sorridere. Quello non sarebbe stato il giorno in cui mi avrebbero licenziata per aver imprecato contro un cliente.

«Vuole del latte nel suo americano?» chiesi al ragazzo alto e muscoloso con uno stupido sorrisetto in faccia che si trovava dall'altro lato del bancone.

«Nah, il caffè mi piace amaro,» rispose, facendo ballare le sopracciglia. I suoi occhi grigi avevano uno strano bagliore e, quando li osservai meglio, trovai stranamente difficile distogliere lo sguardo. Ero sicura di aver notato delle spirali viola all'interno dell'iride. «Allora,» disse, indicando il cartellino che avevo sulla divisa. «Mamma e papà volevano un maschietto?»

Sospirai, annullando il piacevole effetto che i suoi occhi avevano su di me.

«No. È l'abbreviazione di Persefone,» risposi, schiaffando un coperchio di plastica sul bicchiere di caffè fumante per poi farlo scivolare verso di lui. «Il prossimo!» urlai.

«A che ora finisce il tuo turno? Hai da fare più tardi?» chiese. Lo guardai di traverso mentre il cliente successivo, una vecchia signora un po' malandata che si sorreggeva a un bastone, faceva un passo avanti, accigliata.

«Deve spostarsi,» gli dissi, e lui chinò la testa verso l'anziana donna in segno di scuse. I suoi capelli chiari scivolarono in avanti, così si passò una mano tra le ciocche per sistemarli, con i muscoli del petto che si tendevano sotto la maglietta blu attillata.

«Mi dispiace tantissimo, signora. Stavo solo chiedendo a questa graziosa signorina se avesse impegni nel pomeriggio,» le spiegò sorridendole. Alzai gli occhi al cielo quando il cipiglio della signora svanì, sostituito da un sorriso sotto le guance arrossate.

«Beh, sei davvero fortunata,» mi disse.

«No, non lo sono. Temo di avere degli impegni, stasera,» risposi, lanciando un'occhiataccia al ragazzo presuntuoso mentre terminavo la frase.

«È un peccato,» disse lui, stavolta con un sorriso che non coinvolgeva gli occhi, nei quali si stava formando un luccichio quasi malvagio, o almeno così mi sembrò. «Ci vediamo in giro, Persy,» aggiunse poi, e uscì dalla caffetteria. Uno strano formicolio mi attraversò, e scossi la testa per rivolgere di nuovo la mia attenzione alla vecchietta.

«Se fossi stata al tuo posto, avrei cancellato i miei programmi,» disse lei, con le guance ancora rosa. «Non ci sono molti uomini con quell'aspetto, nemmeno qui a New York.»

«Da quello che ho imparato dalle mie esperienze, gli uomini più attraenti sono quelli da evitare,» risposi. «Allora, cosa posso servirle?»

. . .

Il mio turno all'Easy Espresso durò altre due ore e, nonostante un costante flusso di clienti affamati che mi teneva ben occupata, non riuscivo a togliermi dalla testa quegli occhi ipnotici. Tuttavia, dicevo sul serio. Gli uomini tirati a lucido, la cui seconda frase era mirata a chiedere di uscire, non erano assolutamente adatti a me. Sfortunatamente, il mio tipo era quello inconsapevolmente attraente, con i jeans strappati e la maglietta sporca di grasso, totalmente preso da qualcosa di tipicamente maschile come aggiustare o costruire cose. In breve, mi piaceva quel tipo di ragazzo che non notava né chiacchierava con le ragazze che lavoravano nelle caffetterie.

Lavoravo da Easy Espresso da quasi un anno. Non lo odiavo, ma non lo amavo nemmeno. Non fraintendetemi, lavorare come barista in una piccola caffetteria locale era meglio di farlo in un locale più grande, dove le file erano interminabili e tutti erano arrabbiati o di fretta. Easy Espresso aveva un'atmosfera più rilassata, incastrata com'era tra una lavanderia e una panetteria, con solo tre tavolini all'interno e altrettanti all'esterno. Il mio capo, Tom, non era uno stronzo, fatto raro a New York. Era il mio primo datore di lavoro, ma sapevo che non sarei rimasta lì ancora per molto. Mi restava solo un semestre ai Giardini Botanici di New York e, una volta laureata, avrei potuto fare ciò che amavo davvero.

Sentii un brivido d'eccitazione quando mi infilai il chiodo di pelle sulle spalle non appena arrivò Stacey per darmi il cambio alle 14.00.

«Ci vediamo domani,» la salutai in fretta e mi precipitai fuori dalla porta prima ancora che si infilasse il suo brutto grembiule marrone. I crochi che avevo piantato nella mia piccola porzione di serra erano in procinto di aprirsi e, dopo la lezione di scienza del suolo, avrei passato un'ora intera con il professor Hetz per esaminare i progetti del mio giardino privato. Se avessi fatto un lavoro abbastanza buono, avrebbe fatto il mio nome per la borsa di studio di paesaggista e avrei avuto la possibilità di intraprendere la carriera dei miei sogni. Inoltre, visto il modo in cui i giardini pensili stavano conquistando la città, c'era una buona possibilità di trovare lavoro a sufficienza per rimanere a Manhattan.

Sorrisi correndo verso l'ingresso della metropolitana, tirandomi la borsetta logora sulla spalla. I Giardini Botanici e il bellissimo edificio a cupola si trovavano nel Bronx, a venti minuti di distanza, e me ne restavano solo trenta prima dell'inizio della lezione. Un lampo catturò la mia attenzione, costringendomi a gettare lo sguardo verso l'alto. Nuvole nere avevano preso ad attraversare il cielo, apparendo dal nulla. *Strano.* Le previsioni davano caldo e sereno per tutta la settimana: dopo un inizio di aprile tristemente piovoso, la città meritava un po' di sole. Le persone intorno a me cominciarono ad affrettare il passo, guardandomi in cagnesco. Non avevo l'ombrello e la mia giacca di pelle non sarebbe riuscita a tenermi completamente asciutta, così passai dal passo veloce alla corsetta, diretta verso il sottopassaggio della metropolitana. Un improvviso tuono mi fece balzare il cuore in gola, costringendomi a rallentare e alzare nuovamente lo sguardo al cielo mentre il rumore riecheggiava per le strade, rimbalzando sugli imponenti edifici che mi circondavano. Era diventato buio in fretta e, sebbene non piovesse ancora, il sole era stato completamente oscurato da nuvoloni scuri. Riuscivo a vedere i lampi viola che scintillavano al loro interno, e poi ci fu un altro tuono. Questo fu così forte che un urletto involontario mi sfuggì dalle labbra e mi portai le mani sulle orecchie in un gesto istintivo. La paura cominciò a serpeggiare in me. Non era ideale rimanere in strada durante una tempesta di fulmini.

«Dovresti metterti al riparo al chiuso, Persy.» Spostai lo sguardo dai nuvoloni illuminati dai fulmini e quasi mi cadde la mascella quando vidi il bel ragazzo dai capelli biondi di poco prima a tre metri da me, in piedi. E mi accorsi che era l'unico in strada solo quando mi guardai intorno. Dove erano finiti tutti? Ci saranno state cinquanta persone in giro, trenta secondi prima appena! *La situazione stava diventando davvero strana.* Il panico cominciò ad assalirmi lentamente, inducendomi a fare un passo indietro. Il bel ragazzo mi sorrise e in un batter d'occhio mi si parò davanti.

Io sussultai, con il battito alle stelle, e feci un altro passo indietro senza, però, riuscire a distogliere lo sguardo dal suo. Nelle sue iridi si mosse un lampo viola, in sincronia con i lampi sopra la mia testa. Era estremamente bellissimo e al contempo altrettanto terrificante. I miei muscoli si contrassero mentre il cuore sembrava martellarmi contro le costole. Ogni parte di me voleva allontanarsi da lui, ma non riuscivo a muovermi.

«Chi sei tu?» chiesi ansimando.

«Non mi crederesti se te lo dicessi,» rispose con un sorrisetto. «Sono qualcuno a cui non piace essere rifiutato.»

Un guizzo di rabbia fece breccia nel mio terrore. Il bel ragazzo non riusciva a mandare giù un rifiuto? Mi tornò in mente il viso di Ted Hammond, che mi aveva maltrattata per tutto il liceo, rendendomi la vita un inferno quando avevo gli occhi puntati addosso, e peggio ancora quando non li avevo.

«Quindi ti piace dare spettacolo con tempeste teatrali, quando le ragazze non sono interessate a te?» chiesi sarcastica, inarcando un sopracciglio. Lui rise sommessamente e mi sembrò fosse diventato più alto quando sovrastò la mia sagoma esile. Mi pentii immediatamente di quello che avevo detto, e la familiare sensazione di impotenza mi fece rimpicciolire completamente. *Non ero abbastanza forte per fermarlo.* Era lo stesso pensiero che aveva dominato la mia vita per anni.

«Oh, Persefone. Mi piace fare molto, molto peggio che semplici tempeste.» Il tizio stava cominciando a essere attorniato da una debole aura color porpora, e urlai quando, balzando improvvisamente dal cielo, un fulmine lo colpì in pieno. Non appena lo toccò, dal suo corpo si sprigionò una luce. Davanti a quella scena, mi voltai e presi a correre, mossa dall'istinto. «Dove stai andando, piccola Persy? Non c'è modo di sfuggirmi!» Delle roboanti risate rieccheggiarono per le strade vuote e sentii un dolore al petto e i polmoni affaticarsi mentre cercavo di correre sempre più velocemente. Non sapevo dove stavo andando, accecata com'ero dal panico che ostacolava la mia capacità di ragionare o pensare, presa dall'istinto animalesco di fuggire che costringeva il mio corpo a continuare a muoversi. Un altro lampo viola mi accecò momentaneamente e sbandai quando un fulmine si abbatté sull'asfalto. L'odore dell'asfalto bruciato mi riempì le narici quando mi voltai, scorgendo l'ingresso della metropolitana più avanti sulla strada vuota.

«Andiamo, Persefone. Ade si arrabbierà un bel po' con me, se ti friggo prima di poterti portare nel suo regno.»

Ade? Aveva appena detto Ade?

Continuai a correre, con le sneakers che battevano sulla strada nel disperato tentativo di raggiungere la metropolitana. I fulmini non potevano certo arrivare sottoterra. Tuttavia, man mano che mi avvicinavo, l'ingresso della metropolitana prese a luccicare e i miei passi a vacillare mentre la 6th Avenue davanti a me si trasformava in una radura, e l'ingresso della metropolitana diventava la bocca di una caverna buia. Inciampai e caddi su un ginocchio, atterrando sull'erba morbida invece che sull'asfalto duro. Avevo il fiato corto, la mente in subbuglio, ma mi rimisi in piedi e mi voltai di scatto. Come diavolo era possibile? *Cosa* diamine stava succedendo? Un'ondata di vertigini mi travolse intanto che cercavo di metabolizzare l'infinito prato verde e i bei fiori che mi circondavano.

«Dove mi trovo?» urlai, guardandomi intorno alla ricerca del bel ragazzo dagli occhi di fulmine. Le nuvole scure erano ancora sparse sulla mia testa, e luccicavano ancora di viola. «Perché sono qui? Chi diavolo sei tu?» Lacrime di frustrazione e paura cominciarono a riempirmi gli occhi. Dovevo andare a lezione. Dovevo mostrare al professor Hetz i progetti per il mio giardino, quello a cui avevo lavorato per mesi, da cui dipendeva tutto il mio futuro... Una parte di me sapeva che il giardino avrebbe dovuto essere l'ultima delle mie preoccupazioni, ma aveva occupato ogni mio singolo pensiero per mesi interi. Era la mia occasione di ricominciare in un ambito in cui nessuno mi avrebbe vista come debole o povera. Dovevo aggrapparmi a qualcosa di reale in quell'allucinazione contorta, o qualunque cosa fosse, e tutto ciò che avevo era il mio giardino.

Ci fu un altro tuono e la pioggia cominciò a cadere dalle nuvole lampeggianti, pesante e fredda. Emisi un ruggito di rabbia, continuando a girarmi freneticamente alla ricerca dello stronzo che mi aveva rovinato la giornata in un modo così tremendo.

«Dove sei, vigliacco bastardo?!» urlai. In risposta, la pioggia iniziò a scrosciare più forte e i fulmini si diressero verso la terra in ogni direzione, intrappolandomi nel mezzo.

TRE

Almeno dieci lampi si conficcarono nella terra intorno a me, chiudendomi in un anello di fulmini così luminosi che sollevai istintivamente le braccia per coprirmi il viso zuppo. Il suono stridente che emisero mi penetrò dritto nel cervello, stordendomi dalla paura. Dovevo andare in un posto sicuro, dove i fulmini non avrebbero potuto raggiungermi. Sbattei le palpebre, cercando di attenuare la luce che mi accecava, ma l'unica cosa che riuscivo a vedere nel prato vuoto era la bocca della grotta. Era incastonata in un monticello alto non più di un metro e mezzo, con gradini di pietra appena visibili che scendevano nell'oscurità.

Sicuramente era lì che voleva che andassi. Il che significava che era l'ultimo posto che avrei dovuto prendere in considerazione. Un altro boato risuonò nelle mie vicinanze, e il mio corpo terrorizzato sobbalzò per lo spavento.

Decisi di non poter restare dov'ero, così mi scostai i capelli zuppi dal viso mentre correvo verso la grotta.

Mi abbassai quando misi un piede nell'oscurità, accogliendo il sollievo immediato fornitomi dal riparo, Ansimando per la corsa e le grida, mi sedetti di peso sul gradino più in alto, perdendomi a osservare il prato nel tentativo di organizzare i miei pensieri confusi. Mi tremavano le mani e sentivo la bocca secca, così mi accorsi dell'adrenalina che mi scorreva veloce nelle vene. *Non può essere vero*, mi dissi mentalmente, sfregandomi le mani sul viso. Dovevo aver avuto una specie di esaurimento nervoso, o un ictus o qualcosa del genere. Forse ero stata investita da un'auto? Era chiaro che uno splendido ragazzo in grado di controllare i fulmini non mi avesse appena portata magicamente in un prato per spararmi addosso una scarica immensa di elettricità così da farmi entrare in una caverna. Chiaro come il sole, perché sarebbe stata una follia pazzesca. Una follia di livello superiore.

Presi un respiro profondo e cominciai a strizzarmi i lunghi capelli scuri. Erano decisamente bagnati, per essere solo un'allucinazione. Mi impegnai a tamponare la mia borsa, anche se il gesto era più abitudinario che utile. Quando controllai, il mio cellulare era scarico. D'altra parte, chi diamine avrei chiamato? Probabilmente ero sdraiata sulla 6th Avenue priva di sensi o, con un po' di fortuna, nel retro di un'ambulanza. Potevo solo sperare che i medici caricassero il cellulare e trovassero il numero di mio fratello. Lui sì che avrebbe risolto la situazione. Sam era bravo a risolvere i problemi.

Feci un altro lungo respiro. Stavo cominciando a sentirmi meglio. Non era possibile che tutto questo fosse reale. Non ero in una grotta, su un prato, inseguita da un uomo fatto di fulmini. *Non era possibile*. E se era tutto un sogno, allora non poteva far male, dare un'occhiata in giro. Dopotutto, se ero in coma o chissà cosa mi era successo, avrei potuto passare un bel po' di tempo in quel posto. Facendomi forza sulla mia ritrovata sicurezza, mi alzai in piedi, sorpresa di quanto sembrassero tremanti le mie gambe. E di quanto fosse fredda la mia pelle.

Doveva sicuramente trattarsi di un'allucinazione molto intensa, o almeno così pensai strizzando gli occhi per abituarmi all'oscurità sotto di me. Succedevano sempre cose simili, vero?

Portai in avanti una sneaker bagnata e traballante e diedi un passo cauto nella caverna, con i calzini zuppi che stridevano contro la gomma. Grandioso. Quante probabilità c'erano che, in fondo a quei gradini, ci fosse una lavanderia a gettoni? A dire il vero, se era tutto un sogno, probabilmente erano piuttosto alte. Forse avrei potuto evocare altre cose belle che mi stavano aspettando laggiù, pensai, facendo un altro passo nell'oscurità. Una torta al limone, magari. O un gruppo di ragazzi sexy in salopette sporche di grasso e una doccia abbastanza grande da accoglierli tutti.

In poco tempo, ero già dieci gradini più in basso e i miei occhi si stavano adattando alla mancanza di luce. I gradini di pietra erano consumati e irregolari, quindi procedevo lentamente, eppure sembravano non finire mai. Dopo altri dieci minuti le mie fantasie sui meccanici sporchi e sudati faticarono a distrarmi. Scesi ancora, aggrappandomi disperatamente a pensieri felici, mentre il panico che mi attanagliava le viscere cercava di farsi strada verso la gola. Dove diavolo stavo andando? Avrei giurato che l'aria si stesse riscaldando, anche se forse era dovuto al fatto che ero quasi asciutta e mi stavo muovendo, finalmente. O forse era l'ansia a farmi accaldare. L'ansia mi faceva sempre quest'effetto.

Dopo quella che mi sembrò un'ora, ma che probabilmente erano soltanto quindici lunghi minuti trascorsi a mettere un piede fradicio davanti all'altro e a muovermi sempre più in profondità nella terra, vidi finalmente un bagliore di luce davanti a me. Luce *blu*. Affrettai il passo, continuando a prestare attenzione ai gradini malmessi, ma desiderosa di scoprire cosa mai potesse produrre una luce blu tremolante. Forse erano le luci dell'ambulanza che trapelavano nella mia allucinazione, ovunque il mio corpo si trovasse realmente. Il mio respiro si fece più rapido quando i gradini compirono una curva. Delle applique erano allineate a intervalli regolari sulle pareti rocciose, e ognuna di queste sosteneva una torcia che ardeva di fuoco blu.

«Ma che...» mormorai, avvicinando la mano a una di esse con fare titubante e ritraendola rapidamente quanto ne sentii il forte calore. Sollevai le sopracciglia, impressionata. Forse il mio cervello era molto più creativo di quanto non gli dessi credito. *Chissà cos'altro c'era, lì sotto.*

Non dovetti fare molta strada prima che i gradini si livellassero, trasformandosi in un lungo corridoio piatto fiancheggiato da altre torce. Una volta messo piede su un terreno più sicuro, camminai più velocemente, dando un'occhiata di tanto in tanto al soffitto del tunnel. Non soffrivo di claustrofobia, ma quando si è sottoterra sembra sensato controllare che sia tutto stabile, ogni tanto. Camminai per circa un chilometro prima di raggiungere una porta di legno chiusa, intagliata con quelle che sembravano antiche lettere greche, che brillavano tutte dello stesso blu delle torce sulle pareti. Allungai la mano verso l'anello di ferro al centro e tirai con esitazione. La porta non si mosse. Tirai più forte, temendo il pensiero di dover risalire tutti quei gradini, di tornare sul prato tempestoso. Neanche stavolta la porta accennò a spostarsi, e ringhiai frustrata liberando l'anello dalla presa delle mie dita. L'anello sbatté contro il legno e rimbalzò due volte, facendo riecheggiare i colpi nello spazio angusto. Mi bloccai sul posto al sentire quell'inaspettato e snervante rumore. Sentii un lento scricchiolio e feci un rapido passo indietro, allontanandomi dalla porta, che adesso si stava aprendo.

Se avevo pensato che la mia immaginazione fosse stata brava con il fuoco blu, allora meritava un premio per la donna che mi stava di fronte.

Era pallida ed era vestita di pelle nera dalla testa ai piedi, evidenziando la profonda scollatura. I capelli nerissimi, attraversati da centinaia di piccole trecce argentate, erano raccolti in una coda di cavallo alta, un'acconciatura che mostrava l'intricato disegno nero tatuato sulla metà inferiore rasata del cranio. Affilati gioielli d'argento le ricoprivano le orecchie, i polsi e le mani: Orecchini simili a pugnali le pendevano dai lobi, e indossava guaine per le dita che terminavano con punte scintillanti simili ad artigli. Un diadema splendente con un'unica pietra nera al centro le cingeva la fronte, attirando l'attenzione sulla sua caratteristica più straordinaria. *Non aveva pupille.* I suoi occhi erano totalmente bianchi.

«Benvenuta all'inferno,» disse sorridendomi.

QUATTRO

Mentre la fissavo, troppo stordita per fare qualsiasi altra cosa, il bianco cominciò a sparire dai suoi occhi che stavano cambiando: le iridi diventarono blu elettrico, le pupille scure. Il sorriso svanì.

«Non è possibile,» disse lei lentamente. Aprii la bocca ma non uscì alcuna parola. Rimasi a bocca aperta davanti a lei, nelle mie stesse condizioni. «Ti ha trovata. Ti ha trovata per davvero. Oh, Dèi, Ade sarà... Oh merda. Merda merda merda!» Batté il piede, la sua voce setosa diventò acuta e le sue mani si chiusero in pugni.

«Chi mi ha trovata?» sussurrai quasi. «E... perché tutti parlano di Ade?»

La donna si mordicchiò il labbro inferiore mentre le sue sopracciglia nere si aggrottavano. Scosse la testa.

«Zeus. Zeus ti ha trovata. Non ci credo.»

Mi lasciai sfuggire una risata e lei appoggiò una mano sul fianco, senza accennare nemmeno un sorriso.

«Non è divertente, è un dannato disastro.»

«Di cosa stai parlando? Ma soprattutto, tu chi sei?» le chiesi, dopo aver ritrovato sicurezza nelle sue parole assurde. Ero sempre stata appassionata di mitologia greca, fin da bambina. Questo era sicuramente frutto del mio stupido cervello.

«Io sono Ecate. E tu sei Persefone. E non dovresti essere qui, ecco di cosa sto parlando.»

«Ecate? Come la dea della magia?»

«Tra le altre cose, sì,» disse lei, osservandomi. «Allora... Ricordi qualcosa?»

«Grazie agli studi classici? Sì, ricordo un bel po' di cose,» risposi accigliandomi. «Ho continuato a studiare la cultura dell'antichità greca e romanza anche dopo la scuola.»

«Studi classici. Giusto,» disse Ecate, accompagnando le parole con un lento annuire. «Non ricordi nulla di...» si interruppe, sollevando un sopracciglio perfetto. Io sollevai entrambe le mie in risposta.

«Di cosa stai parlando?' dissi infine, quando non mi offrì risposta. Si limitò a emettere un sospiro.

«Ade andrà fuori di testa quando ti vedrà. Ma immagino che sia questo il prezzo da pagare, per aver fatto incazzare il Signore degli Dèi. Fottuto idiota.»

«Ade è un fottuto idiota?»

«Già. Ma, per l'amore degli Dèi, non dirlo davanti a lui. Né devi dirgli che sono stata io a dirlo.»

«Non pensavo di avere un'immaginazione così fervida,» sospirai.

«Cosa?»

«Tutto questo non è possibile,» le dissi. «Ti sto immaginando.»

Un sorriso sbilenco si impadronì del suo viso e i suoi occhi blu scintillarono.

«È vero?»

«Beh, dev'essere così,» dissi. «Zeus, Ade e tutti gli Dèi

greci non esistono. Sono sicura che, se esistessero, ce ne saremmo già accorti.» Nonostante stessi pronunciando quelle parole, non riuscii a impedire al dubbio e al panico di farsi strada dentro di me. C'era qualcosa di sbagliato. Di molto, molto sbagliato. *Sarà il fatto che probabilmente sei gravemente ferita o in fin di vita da qualche parte nel mondo reale*, ricordai a me stessa.

«Sei nel regno dei mortali da troppo tempo, Persefone,» disse Ecate a bassa voce.

«New York,» precisai io. «E ci sono stata per ventisei anni. *Per tutta la mia vita.*» Sottolineai l'ultima frase cambiando il tono di voce.

«Certo che sì,» disse lei, con un tono che lasciava trasparire il fatto mi reputasse un'illusa. «E ora cosa cazzo dovrei farci, con te?»

«Beh, stavi ovviamente aspettando qualcuno,» dissi, ripensando ai suoi occhi bianchi. «Mi hai dato il benvenuto all'inferno.»

«Sì, aspettavo l'ultimo concorrente delle Prove dell'Ade. Solo che non mi aspettavo fossi tu.»

«Le Prove dell'Ade?»

«Sai, per essere una che sta immaginando tutto questo, non hai davvero idea di quello che sta succedendo,» osservò Ecate. Non aveva tutti i torti. Il mio stomaco si agitò di nuovo in modo inquietante.

«Allora perché non me lo spieghi tu?» Puntellai le mani sui fianchi nel tentativo di recuperare una parvenza di controllo, ma la donna di fronte a me era chiaramente cento volte più aguerrita di quanto potessi mai essere io.

«Va bene. Zeus ha deciso che Ade ha bisogno di una moglie. Diverse donne hanno cercato di guadagnarsi la posizione di Regina degli Inferi completando una serie di prove. Oggi avrei dovuto incontrare l'ultima concorrente.»

«Ade non può semplicemente scegliere una persona che gli piace?» chiesi, accigliandomi per la mia stessa domanda. Era un'enorme follia.

«No. Dopo la prima moglie, ha giurato che non si sarebbe mai risposato, ma di recente ha fatto arrabbiare Zeus in modo piuttosto grave. E le punizioni del grande uomo sono terribili.»

«Ade è costretto a sposarsi per punizione?»

«Sì.»

«E... cosa c'entra tutto questo con me? E come fai a sapere chi sono, innanzitutto?»

Un'espressione preoccupata si affacciò sul suo bel viso, poi emise un grosso sospiro e chiuse gli occhi.

«Che casino,» disse espirando, e riaprì gli occhi per guardare nei miei. «Potrei rifiutarmi di dirtelo, ma credo che prima o poi lo scoprirai.»

«Scoprire cosa?»

«Tu sei la prima moglie di Ade.»

Per un attimo, i miei pensieri si aggrovigliarono tra loro mentre la guardavo sbigottita. Dopodiché, una risata al limite dell'isteria mi sfuggì dalle labbra, diventando sempre più forte mentre le sue parole si ripetevano continuamente nella mia testa.

«Come diavolo ho fatto a inventarmi una cosa del genere?» ansimai tra le risate. «Mi sono auto-incoronata moglie del re dei morti? Ma che cazzo!» Una nuova risata mi uscì di bocca e le costole cominciarono a farmi male intanto che mi piegavo in due, premendo le mani sulle ginocchia. «Voglio dire, ci sta che mi piacciano i cattivi ragazzi, ma Ade? Il Signore degli Inferi? A proposito di emozioni forti!»

«Non mi aspettavo che sarebbe andata così,» sospirò Ecate. Mi lasciò ridere ancora un po', fino alle lacrime, mentre l'instabilità mentale dovuta all'adrenalina prendeva il sopravvento sui miei sensi. «Hai finito?» mi chiese lei, quando le risate cominciarono a scemare e io mi stavo già tamponando le guance umide. Annuii.

«Ne ho le palle piene. Ho le palle piene di tutto. Devo svegliarmi immediatamente.»

«Persefone, questo non è un sogno,» replicò lei, facendo un passo avanti per afferrarmi forte il braccio.

«Ahia!» esclamai, e la mia risata si spense bruscamente.

«Vedi? Riesci a sentirlo, questo?»

«Sì,» ribattei secca, tirando indietro il braccio.

«È reale. E fidati di me quando ti dico che non ti conviene scherzare con Zeus o Ade. O con nessuno degli Dèi dell'Olimpo, se è per questo. Se Zeus ti ha trovata e ti ha portata qui, allora devi partecipare alle Prove. E questo ha... delle conseguenze.»

La fulminai con lo sguardo.

«No. «No, mi dispiace.» Mi voltai, e mi si strinse lo stomaco quando andai a sbattere contro una parete di terra solida. «Dov'è finito il corridoio?» chiesi, con voce flebile. Una luce blu si accese intorno a me, e mi girai per guardare Ecate, in cerca di spiegazioni. I suoi occhi erano tornati di un bianco latteo, e aveva portato le mani vicino al viso. Dai suoi palmi si diramavano sottili ciuffi di fumo viola, i quali si trasformarono lentamente in un pugnale che ruotava dolcemente nell'aria, davanti ai miei occhi. Sentii il cuore cominciare a galopparmi in petto. «Ho bisogno di sedermi,» dissi, sentendo le gambe traballare sotto il mio peso.

«Persefone, tu hai un passato in questo regno. Un passato che non sono autorizzata a divulgare.» La sua voce aveva assunto un tono stranamente formale, rispetto a come aveva parlato poco prima. «Tuttavia, posso dirti che Ade sarà molto stupido e molto arrabbiato, quando ti vedrà. E ci saranno molti altri che non saranno affatto contenti. Quest'arma funzionerà soltanto qui, nell'O-limpo, persino su un dio. Per questo dovresti tenerla sempre con te.»

Il pugnale fluttuò verso le mie mani tremanti e io lo afferrai timidamente. Era caldo al tatto ed era decorato con una piccola pietra verde incastonata su ciascuna faccia del pomo. A parte questo, non aveva nulla di particolare.

«Grazie,» mormorai, fissandola. Sembrava reale, quando lo presi. *Troppo reale.* Chiusi forte gli occhi. *Svegliati, svegliati, svegliati. Sam, dove cazzo sei? Svegliami!*

Non accadde nulla. Questo non significava niente, però. Non era possibile che fossi la moglie di Ade. Stavo guardando troppo Netflix, ultimamente.

Ma qualcosa dentro di me si stava sforzando di comprendere, quasi desiderava che questa follia fosse vera. *Perché? Perché avrei dovuto volerlo?* In quale mondo avrei voluto competere per diventare la moglie di un dio con cui, a quanto pareva, ero già stata spostata una volta, per poi dimenticarmene completamente? Io volevo progettare giardini! Volevo coltivare cose vive! Non volevo stare in una caverna con un pugnale magico tra le mani e degli dèi arrabbiati.

«Voglio andare a casa,» sussurrai, con gli occhi puntati su Ecate. «Oggi avrei dovuto discutere della mia borsa di studio.»

Un guizzo di pietà attraversò il volto di Ecate, con gli occhi di nuovo blu.

«Mi dispiace,» disse sussurrando. «Zeus è uno stronzo. Non dirgli che ho detto anche questo.»

«Puoi rispedirmi indietro?»

Lei scosse la testa con tristezza.

«Per il tuo bene e per quello di Ade, vorrei poterlo farle. Ma non c'è modo di opporsi al grand'uomo.» Scosse di nuovo la testa. «Tu sai, nel profondo, che tutto questo è reale, vero?»

La guardai.

«So che qualcosa non va,» ammisi.

«Forse, quando vedrai il regno, qualcosa ti tornerà in mente. Spero non tutto, però,» aggiunse poi a bassa voce. Mi accigliai.

«Se quello che dici è vero, perché Ade dovrebbe arrabbiarsi, vedendomi? Abbiamo litigato?»

«Qualcosa del genere. Solo lui può raccontarti cosa è successo. E probabilmente sceglierà di non farlo.»

«E perché?»

«Persy, non posso dirtelo, quindi non chiedermelo, va bene?» disse lei, con una punta di esasperazione a tingerle la voce.

«Persy?»

Mi lanciò un'occhiata colpevole.

«Scusa. È così che ti chiamavo, prima che tu... te ne andassi.»

«Eravamo amiche?»

«Già. Avevi dei capelli più belli, allora. E un senso dello stile di gran lunga migliore.»

Abbassai lo sguardo sul mio chiodo e sui jeans strappati, poi sulla sua elegante tuta di pelle nera.

«Oh,» dissi, non sapendo cos'altro dire. Il mio cervello

sembrava aver completamente rallentato le sue attività, quasi come se si rifiutasse di elaborare ancora. «Non riesco a pensare con chiarezza,» dissi a Ecate. «E mi sento improvvisamente molto stanca.»

«Andiamo a prendere del cibo e dei vestiti asciutti. E magari anche un drink abbastanza forte. Gli dèi sanno che ne ho davvero bisogno, adesso,» disse, tendendomi la mano.

Mi soffermai un attimo, poi la presi.

CINQUE

Seguii Ecate attraverso la porta di legno e lungo altri corridoi illuminati da fiamme blu che si riflettevano sui suoi gioielli d'argento, lasciandomi distrarre dalle luci e dai disegni che creavano. Pensai che non avesse senso cercare di concentrarmi su dove stavamo andando, se c'era la possibilità che apparisse qualche muro per bloccare la strada. In realtà, non aveva senso concentrarsi su nulla. Tutta questa folle situazione sembrava sfuggire al mio controllo. Ero incredibilmente stanca e mi chiedevo se, andando a dormire in quel posto finto, avrei potuto risvegliarmi nel mondo reale.

«Tecnicamente, dovrei presentarti agli dèi tra un'ora, ma farò sapere loro che saremo leggermente in ritardo,» mi disse Ecate da sopra la spalla. «Zeus non ne sarà sorpreso, quello stronzo,» ringhiò.

«Perché è venuto a cercarmi?»

«Te l'ho già detto: perché farà arrabbiare Ade.»

«Oh, già. A quanto pare, il mio ex marito mi odia.» Alzai gli occhi al cielo. *Che incredibile follia.*

«Ehi, io non l'ho mai detto,» rispose lei, rallentando il passo e voltandosi a guardarmi.

«Sì che lo hai fatto!»

«No, io ho detto che sarà arrabbiato quando ti vedrà. Non dovresti essere qui.»

«Giusto. È stato uno di quei divorzi incasinati?» chiesi con un sospiro. Niente di tutto questo aveva senso.

«Mh, qualcosa del genere. Bisognerà limitare i danni. Farò quello che posso, ma...» Si interruppe a metà frase, e non parlò finché non raggiungemmo un'altra porta coperta di segni blu incandescenti, che ora ero sicura fossero lettere greche. «Persy, questo ti sembrerà un po' strano. Non dare di matto con me, va bene? Comportati normalmente.»

La guardai.

«Sono troppo stanca per dare di matto,» le dissi. Era vero. I miei pensieri stavano diventando sempre più lenti e mi sembrava che le gambe pesassero una tonnellata. L'adrenalina, invece, stava svanendo. «Inoltre, non ho idea di cosa sia la normalità, qui,» sottolineai. «Non so nemmeno dove mi trovo.»

«Sei nell'Olimpo. Nel quadrante della Vergine, per essere precisi.»

«Vergine? Come il segno zodiacale?»

«Ognuno degli dèi dell'Olimpo ha il proprio regno, e sì, nel tuo mondo sono segni zodiacali. Il regno di Ade è il quadrante della Vergine.»

«Io sono del Capricorno,» dissi. «Di chi è quel regno?»

«Artemide. E lei e Ade non vanno d'accordo. Inoltre, il suo regno è proibito, se non sei un centauro. Quindi, a meno che tu non nasconda un corpo da cavallo sotto quei jeans, rinuncia a qualsiasi idea di visitarlo.»

«Giusto,» dissi. Centauri. Certo che c'erano dei centauri, lì. Un piccolo brivido di panico fece breccia nella mia stanchezza. Non poteva essere vero. *Eppure, lo era.* Almeno Ecate aveva in sé qualcosa che mi permetteva di fidarmi di lei. *Probabilmente perché era frutto della mia immaginazione e l'avevo immaginata proprio per questo motivo.* Così, decisi con fermezza che avrei cercato di trattare qualsiasi cosa e persona come se fosse del tutto normale. Che altra scelta avevo? Dare di matto non mi sarebbe servito a nulla. E, visto che non potevo fare nulla per risolvere questa situazione così incasinata, tanto valeva assecondarla.

La stanza dall'altra parte della porta non era poi così strana. Era molto simile a un camerino, con appendiabiti pieni di vestiti da un lato e un lungo bancone dall'altro con uno specchio sopra. La luce, però, non era più blu: le pareti rocciose emanavano un pallido bagliore più simile alla luce diurna.

«Tutto il regno della Vergine è sottoterra?» chiesi, poi mi pentii subito di averlo fatto. Non mi aspettavo di rimanere lì per molto, ma non riuscivo proprio a sopportare l'idea di essere in un luogo privo di un'area esterna. Il panico mi attraversò, minacciando di far deragliare il mio nuovo atteggiamento.

«Non tutto, no,» rispose Ecate, piegandosi per aprire un armadietto sotto il bancone. Si rimise dritta e mi porse un bicchiere di vetro. Ne prese uno anche lei e osservai i suoi occhi diventare nuovamente del colore del latte. Un liquido rosso cominciò a riempire il suo bicchiere, e abbassai lo sguardo mentre accadeva lo stesso al mio.

«Che cos'è?»

«Vino,» disse, intanto che le sue iridi tornavano blu.

«Puoi evocare il vino? Io sarei sempre ubriaca, se potessi farlo,» osservai stupita. Mi fece l'occhiolino.

«Chi dice che non lo sia?» Bevve un enorme sorso del liquido, e io mi portai con esitazione il bicchiere alle labbra per annusarlo. Aveva un profumo divino, di ribes nero e ciliegie. Ne bevvi un sorso.

«Wow,» esclamai involontariamente. Ecate mi lanciò un'occhiata con le labbra arricciate.

«Sono piuttosto gelosa del fatto che tu possa scoprire l'Olimpo da capo. La prima volta che si fa qualcosa è sempre la migliore,» sospirò.

«E non puoi dirmi perché sono andata via?»

«No. Non lo so neanch'io, ma anche se lo sapessi, Ade mi ucciderebbe.» Lei mosse una mano, con gli occhi che brillavano di nuovo di bianco, e sul bancone, proprio di fronte allo specchio, apparve una torta. Il mio stomaco brontolò in risposta.

«Puoi fare tutto ciò che vuoi, con la tua magia?» le chiesi.

«Posso fare un bel po' di cose,» rispose scrollando le spalle e portandomi verso una sedia di fronte allo specchio. «Ma non è sempre divertente. Sono anche la dea degli spiriti. Che è molto meno divertente, te l'assicuro.»

«Davvero?» chiesi ancora, intanto che mi faceva sedere e si posizionava dietro di me. Osservai il riflesso nello specchio mentre sollevava una ciocca dei miei capelli scuri e bagnati e la lasciava ricadere sulla mia giacca con un suono simile a uno schiaffo.

«Già. La maggior parte della gente non è molto entusiasta di trovare la propria anima bloccata in un essere fisico. A volte mi sento come se dovessi guadare in un mare di merda per cercare di sistemare i loro casini.»

«È per questo che vivi nel mondo sotterraneo? A causa degli spiriti?»

«Uh-uh. Ora, dobbiamo rimediare ai tuoi capelli. E mangia un po' di torta, ti farà sentire meglio.»

Pensai di declinare l'invito, ricordando qualcosa sul fatto di non mangiare il cibo che viene offerto negli inferi, ma la torta aveva un aspetto e un profumo meravigliosi. Ricordai a me stessa che tutto quel posto era finto, e presi una fetta di torta. Che male avrebbe mai potuto fare? Ne presi un morso, e un'ondata di sensazioni mi investì quando il cioccolato più buono che avessi mai assaggiato mi scivolò sulla lingua e mi riempì la bocca.

«Oh, mio Dio,» cercai di dire a bocca piena.

«Miei dèi, vorrai dire,» mi corresse Ecate. «Dodici, per la precisione. E non dimenticarlo.»

«Giusto,» annuii. Nello specchio, la vidi rovistare tra i vestiti sugli appendiabiti alle mie spalle.

«Non ho intenzione di indossare qualcosa come...» Interruppi la frase quando Ecate si rimise drizza e alzò un sopracciglio.

«Come cosa?»

«Come quello che indossi tu,» terminai goffamente. «A te sta benissimo! Io, invece, non sono così... sicura di me per quanto riguarda la zona del seno, come richiede quell'abito.»

«Persy, da quello che ricordo, sono tutte stronzate. Ma non temere, avevo in mente qualcosa di più sobrio. Se ti presentassi davanti ad Ade in una tutina di pelle aderente, potrebbe rompere qualcosa,» disse, accigliandosi mentre guardava un abito verde appeso. Scossi la testa. Forse, quando avrei incontrato il mio presunto ex marito, tutto questo avrebbe cominciato ad avere più senso. O forse no. Finii la fetta di torta e mandai giù il resto del vino, iniziando già a sentirmi molto più sveglia.

«Allora, parlami delle prove,» dissi. «Che cosa dovrò fare?»

«È meglio che tu lo scopra da sola più tardi,» rispose lei evasiva. Mi sentii allarmata dalle sue parole. *Non importa, non è reale*, mi dissi.

«Sono pericolose?»

Ecate alzò le spalle.

«Ci sono state alcune vittime,» disse, facendo scivolare un pezzo di stoffa blu chiaro da una gruccia.

«Cosa?» esclamai, girandomi sulla sedia per guardarla direttamente. «Vittime? Che tipo di vittime?»

«Non preoccuparti, con un po' di fortuna Ade troverà comunque il modo di farti ritirare,» mi disse sorridendo, ma sapevo che era una bugia. Feci un respiro profondo.

«Mi piace quello verde,» dissi poi, indicando il vestito sull'appendiabiti.

«Oh. Va bene.»

«E posso avere dell'altro vino?»

«Ecate, perché ho i capelli bianchi?» Mantenni la voce più calma possibile, ma tremolò lo stesso. «Ho già avuto a che fare con un bel po' di cose strane oggi, e non sono sicura di poter aggiungere questa alla lista.»

«Zitta, non hai ancora visto tutto. Stai benissimo.»

Mi aveva nascosto lo specchio, facendolo diventare nero fumo, ma riuscivo a vedere la ciocca di capelli che mi era caduta sulla spalla e che ora giaceva sul mio seno sinistro. Il vestito verde chiaro mostrava una scollatura moderata, ma era stretto in vita. La parte inferiore si riversava come un liquido sul pavimento, scintillando di turchese quando mi muovevo, e uno spacco ad altezza coscia metteva in mostra i sandali dorati che avevo ai piedi, ormai asciutti.

Se non fosse stato per quel pezzetto di capelli bianchi che aveva catturato la mia attenzione, sarei stata piuttosto entusiasta del vestito.

«Va bene, sei pronta?»

«Ho altra scelta?»

«No. Ta-da!»

Lo specchio si schiarì e io rimasi a bocca aperta. Avevo i capelli *bianchi*. Non grigi come quelli degli anziani, ma bianchi. Muovendo la testa da un lato all'altro, vidi delle ciocche argentee illuminarsi alla luce. Erano acconciati in dolci riccioli, mezzi raccolti, con tante treccine sparse, come Ecate. Alcuni riccioli vaganti mi ricadevano sulle orecchie e mi sfioravano le spalle nude. Mi avvicinai per scrutare il mio riflesso. I miei occhi verdi sembravano ancora più verdi, dello stesso colore dell'erba fresca, e l'eyeliner scuro che li bordava li faceva risaltare ulteriormente. Un viola intenso mi ravvivava le labbra, facendole sembrare più piene, e anche i miei zigomi sembravano più definiti.

«Cosa hai... Come sei riuscita a farmi sembrare così...» Non riuscivo a finire nessuna frase. Ero mille volte più bella di quanto fossi mai riuscita a sembrare.

Ecate mi guardò raggiante.

«Aspetta solo che ti faccia indossare alcuni dei tuoi vecchi abiti,» disse, con gli occhi brillanti. «Anche se avremo bisogno di un equipaggiamento da combattimento.»

«Combattimento?» chiesi, inarcando un sopracciglio. «A parte i litigi con mio fratello maggiore, non sono una vera combattente. Sono più il tipo di ragazza che ama le cose e le coltiva.»

Sono sicura che ti tornerà tutto in mente.» Aprii la bocca, ma la chiusi subito. Non aveva senso chiederle cosa intendesse, dovevo soltanto stare al gioco. «Va bene. Penso tu sia pronta. Finisci di bere quel vino e andiamo.»

Mandai giù il resto del bicchiere in un colpo solo, e stiracchiai collo e spalle mentre mi alzavo dalla sedia.

«Sono pronta,» le dissi, e lei mi prese la mano.

«Bene. Mi dispiace.»

«Per cosa?»

«Per questo,» disse, e i suoi occhi diventarono bianchi.

Il mondo intorno a me ebbe un sussulto, e un'intensa luce bianca mi avvolse. Chiusi forte gli occhi e strinsi più forte la mano di Ecate, poi sentii il vociare di una folla che si spense quasi all'istante. Aprii le palpebre.

«Oh, mio Dio,» sussurrai.

Ero in una stanza di marmo bianco, di fronte a file di persone sedute. E la parola 'persone' era una descrizione approssimativa. Sebbene più della metà avesse un aspetto umano, non si poteva dire lo stesso della gran parte dei presenti. C'era una donna con il volto gravemente deformato e ali coriacee che le sporgevano dalla schiena, e un'altra donna bellissima la cui pelle sembrava fatta di legno. C'era un uomo che doveva essere alto tre metri, se fosse stato in piedi, con la pelle dorata e brillante, e una creatura con zampe pelose simili a quelle di un gatto e un becco al posto del naso. In fondo, proprio di fronte alla parete di marmo bianco, c'erano tre minotauri, un centauro e una donna incredibilmente formosa con una gamba di legno e capelli che sembravano muoversi di propria iniziativa. Feci un respiro profondo. *Va bene. Dieci, no, facciamo cento punti alla mia immaginazione.*

«Ti avevo avvertita,» mormorò Ecate, tenendo ancora stretta la mia mano. Quando mi voltai a guardarla, mi resi conto che mancavano le pareti laterali della stanza, sostituite dalle grandiose colonne greche che ne fiancheggiavano i bordi a intervalli regolari. E, al di là di esse, c'erano delle fiamme. Non fiamme qualsiasi, ma più alte dei grattacieli, che saltavano e danzavano qua e là. E non erano solo rosse. Infatti, tra il cremisi tremolavano scintille viola, blu e arancioni, e a quel punto ero vagamente consapevole che la mia bocca si stava lentamente spalancando.

«È così bello,» sospirai.

«Benvenuta nel mondo sotterraneo,» disse una voce.

Mi voltai verso l'ultima pareti e le mie ginocchia divennero immediatamente deboli. Mi resi conto di essere nella sala del trono. In fondo alla stanza c'era una predella rialzata e, lungo la piattaforma, c'erano undici persone sedute su grandi troni. Tuttavia, non erano persone, come mi accorsi quando feci scivolare lo sguardo su ognuna di esse, cercando di elaborare quello che mi trovavo davanti. *Erano divinità.* Ognuno di loro emanava un potere quasi tangibile nell'aria, mentre mi guardava.

«Non spetta a Zeus darti il benvenuto qui,» disse la donna più bella che avessi mai visto, seduta sul bordo del suo trono. «Questo onore dovrebbe spettare ad Ade, ma lui è... indisposto, in questo momento.» Aveva la pelle del colore del caffè, i capelli rosa pastello che le avvolgevano il corpo come un abito, lasciando completamente scoperte la pancia e le lunghe gambe. Le labbra pallide si intonavano ai capelli, mentre gli occhi erano quasi neri. «Io sono Afrodite,» disse.

La guardai, sentendo la saliva ritirarsi dalla mia bocca, sempre più asciutta. Ecate mi strinse la mano.

«Inchinati,» sussurrò muovendo solo un angolo della bocca. Abbassai la testa, prendendo un altro respiro profondo.

Riprenditi, riprenditi.

«Io–» cominciai mentre mi rimettevo dritta, ma venni interrotta da un uomo che, improvvisamente, si alzò.

«Tu sei Persefone,» disse, con gli occhi brillanti e l'energia viola che gli crepitava tutt'intorno al corpo.

«Tu!» dissi io, assalita dalla rabbia. Era lui Zeus! Con i suoi stupidi lampi viola e gli occhi spiritosi da stronzo.

«Io!» ripeté lui, raggiante, trasformando la barba e i capelli scuri in quelli del biondo della caffetteria. «Sono molto contento che ti sia unita a noi,» disse. «Che ne dici di una rapida presentazione? Sarebbe scortese lasciarti all'oscuro.» Lo fulminai con lo sguardo, ma tenni le labbra ben serrate. Non era questo il posto giusto per litigare, lo sapevo anch'io.

«Questo è mio fratello Poseidone,» disse, indicando un uomo dall'aspetto annoiato e dagli occhi incredibilmente azzurri seduto accanto a lui. «È questa è la mia adorabile moglie Era.» La signora dall'aspetto imponente, che sedeva dal lato opposto, mi salutò con un cenno del capo, che io ricambiai prontamente. Aveva una pelle scura come l'inchiostro e capelli turchesi raccolti in una complicata treccia che le cingeva la testa come una corona. Anche lei, ne indossava una vera che scintillava con i riflessi delle fiamme ai lati della stanza.

«Questi, invece, sono i gemelli: Artemide e Apollo,» disse poi, indicando due figure esili dai capelli dorati, che entrambe sfoggiavano un ampio sorriso. Artemide non sembrava avere più di quindici anni, suo fratello forse qualche anno in più. «Questo è Dioniso.» Zeus indicò un uomo vestito con gli abiti del mio mondo: pantaloni di pelle aderenti e una camicia hawaiana aperta fino all'ombelico. Dioniso mi rivolse un sorriso pigro da sotto una chioma scura.

«È un piacere rivederti, Persy,» sbiascicò. Sbattei le palpebre, confusa.

«Poi abbiamo Ermes,» disse ancora Zeus, e un uomo dai capelli rossi e dalla barba curata mi rivolse un sorriso. Non riuscii a trattenere quello che m'incurvò le labbra. C'era qualcosa, in lui, che tranquillizzava il mio battito accelerato. «Hai appena conosciuto Afrodite. Questo è suo marito, Efesto.» Accanto ad Afrodite era seduto un uomo con le spalle ingobbite e il viso sbilenco, le cui forme erano coperte da un enorme tabarro di pelle. Non mi guardò neanche. «E questi sono Ares e Atena,» concluse poi Zeus. Un omone in armatura greca mi guardò attraverso la fessura del suo elmo rosso, e una bella donna bionda e dalla toga bianca, sulla cui spalla poggiava un gufo, mi rivolse un accenno di sorriso. Atena era sempre stata la mia preferita, da piccola. Nei libri di testo veniva sempre rappresentata come la dea più giusta e più intelligente, ma ugualmente impetuosa, e avevo cercato di convogliare in me quella forza ogni volta che Ted Hammond si avvicinava troppo a me. *Non che fossi mai riuscita a tenergli testa*, pensai con amarezza. Nonostante fosse seduta accanto alla sagoma massiccia di Ares, Atena irradiava un potere superiore al suo, e una rispettosa gelosia mi attraversò.

Chinai il capo.

«È un piacere conoscervi tutti. Tuttavia, devo confessare che sono un po' confusa,» dissi nel modo più formale possibile, con le labbra leggermente intorpidite. «A quanto pare mi conoscete tutti da una vita, la stessa che non riesco a ricordare.»

Atena si alzò dal suo trono e io mi sentii attraversare da un inspiegabile fremito; se fosse magia, potere o attesa, non ne ero sicura.

«Persefone, ti è stato fatto dimenticare il tuo passato per una ragione. La tua attuale presenza qui è decisamente inopportuna, ma non possiamo farci nulla. Il Signore degli dèi si è premurato di assicurarsene.» Lanciò un'occhiataccia a Zeus, che tornò ad appoggiarsi al suo trono con una pigra scrollata di spalle.

«Ops,» disse.

«So che può essere difficile per te, ma devi comportarti come se fosse la prima volta che giungi qui all'Olimpo.»

«Ehm... non sarà difficile,» risposi. «Non ho mai visto questo posto in vita mia, proprio come non ho mai visto nessuno di voi.»

«Mi hai fraintesa. Vorrai scoprire cosa è successo nel tuo passato, ma sarebbe una follia. Devi fidarti del fatto che i dodici dell'Olimpo hanno operato giustamente decidendo di rimuovere quei ricordi, e sarebbe bene lasciare le cose come stanno. Ricomincia da capo. Da oggi.»

Mi accigliai, sentendo la rabbia e la confusione scontrarsi con l'impulso di venerare quella donna bella e saggia. Sapevo stesse usando i suoi poteri, ma non mi interessava. Voglio dire, era una dea, poteva farmi fare qualsiasi cosa volesse. Tuttavia, era giusto rimuovere i miei ricordi? Dirmi soltanto che ero sposata e poi vietarmi di conoscere dell'altro? *Sposata!* Il pensiero era ridicolo. Le mie relazioni non superavano i sei mesi, come diamine avrei fatto a far durare un matrimonio? *Niente di tutto questo è reale, idiota. Chi se ne frega?* La vocina della mia coscienza si insinuò tra i miei pensieri in corsa. *Presto Sam ti sveglierà, e ti ritroverai in un letto d'ospedale da qualche parte.*

Sorrisi ad Atena.

«Giusto,» dissi. Lei scosse lentamente la testa verso di me.

«Non credi che tutto questo sia reale?»

Non offrii risposta, e la dea emise un lungo respiro.

«Padre, tu sì che sai essere crudele,» disse a bassa voce, poi si sedette di nuovo sul suo trono.

«Se Ade non si comportasse come un bambino disobbediente, allora non dovrei esserlo,» abbaiò Zeus.

«E lei? Credi che se lo sia meritato?» disse Era, prendendo per la prima volta la parola. Zeus si spostò sul suo trono, a disagio.

«Fratello, non dimenticare che può essere pericolosa. I tuoi giochetti non dovrebbero spingersi fino a questo punto,» disse Poseidone, senza spostare da me i suoi penetranti occhi blu mentre parlava.

«Pericolosa?» gli feci eco.

«Pericolosa,» ripeté lui, e qualcosa nella sua espressione mi fece desiderare di essere altrove, e in fretta.

«Sarò la sua compagna durante le Prove, non sarà un pericolo per nessuno,» intervenne Ecate, facendosi avanti accanto a me. Fui investita da un'ondata di sollievo e gratitudine al ricordo di non essere completamente sola. A quanto pare, un tempo Ecate mi era amica.

«Mh. Per stare più sicuri, desidero assegnarle una guardia. A mia scelta,» obiettò Poseidone, spostando finalmente lo sguardo da me a Zeus.

«Anch'io vorrei assegnarle una guardia,» disse rapidamente Atena.

«E sono certa che lo farebbe anche Ade, se fosse qui.» aggiunse Era.

Zeus alzò gli occhi al cielo e sospirò; io guardai Ecate.

«Perché cazzo ho bisogno di una guardia?» sibilai sottovoce.

«I suoi poteri sono sempre stati attivi,» proclamò Ecate a voce alta affinché gli dèi riuniti la sentissero, ignorandomi. «Non ha bisogno di una guardia.»

«Poteri?» sussurrai ancora, sentendo l'isteria pervadermi completamente. *Certo che mi sarei data dei poteri in questa folle fantasia del cazzo. Perché non avrei dovuto?* «Fammi indovinare,» dissi, percependo un irrefrenabile sorriso impadronirsi del mio volto. *Se potessi avere un potere, quale sarebbe?* Facile. «Posso far crescere le piante?»

Ecate mi guardò, aggrottando le sopracciglia.

«Come fai a saperlo?»

«Perché Ade le ha lasciato l'amore per la natura quando l'ha mandata nel mondo mortale,» disse Era, così a bassa voce che la sentii appena.

Nella stanza calò il silenzio e girai la testa da una parte all'altra intanto che le fiamme colorate danzavano ai nostri lati.

«Suggerisco che sia Persefone a scegliere la sua guardia. Presenteremo le nostre proposte questa sera, dopo la prima Prova,» disse Atena con autorevolezza.

«D'accordo,» disse poi Zeus, facendosi più avanti sul trono. «Ora, non credo che Ade si unirà più a noi, a questo punto—»

«E perché mai, fratello?» chiese una voce. Mi venne la pelle d'oca mentre la temperatura nella stanza calava bruscamente. Sentii la paura serpeggiarmi dentro, anche se non sapevo di cosa avessi improvvisamente timore. Sentii Ecate irrigidirsi al mio fianco, e vidi gli occhi di Zeus lampeggiare quando si adagiò sul suo trono.

«Ade! Sono così felice che tu sia riuscito a venire! Ho una sorpresa per te.»

Un fumo nero cominciò a raccogliersi al centro della predella, vorticando velocemente fino a formare una sagoma umanoide.

«Un'altra concorrente per la tua sciocca competizione, senza dubbio,» sibilò la voce rabbiosa e viscida, e io fui pervasa dall'istinto di indietreggiare e continuare a farlo.

«Infatti,» rispose Zeus, con un sorriso che gli si allargava sul volto. Il fumo si era solidificato solo in parte: quella davanti a me era traslucida, fluida e priva di caratteristiche.

Finché non apparve.

Per una frazione di secondo il mondo intero scomparve. La prima cosa che vidi furono gli occhi, mentre il resto del vortice di fumo diventava umano troppo velocemente da potermene accorgere. Tuttavia, mi accorsi delle spalle massicce, i pantaloni e la camicia scuri, l'onice scintillante al centro della cintura alla vita, prima che i miei occhi incontrassero di nuovo i suoi. *Argentei.* Non bianchi o grigi o azzurro chiarissimo, ma di un argento splendente. E sgomento. Emozioni che non riconoscevo cominciarono a invadermi, e all'improvviso qualcosa dentro di me si scontrava con la mia mente, desideroso di liberarsi. La sensazione mi fece girare la testa.

Conoscevo quell'uomo. Ogni idea che si trattasse di un

sogno folle o un'allucinazione, tutti i pensieri razionali e i dogmi a cui mi ero aggrappata si disintegrarono mentre fissavo quelle disperate pozze d'argento. *Conoscevo quell'uomo. Era tutto reale.*

A un tratto, la rabbia annegò quegli occhi tormentati e, prima che potessi guardare il resto del suo volto, la sua forma solida sparì. Un'esplosione di energia attraversò la stanza e io urlai in preda al terrore che mi attanagliava la mente. Immagini che di solito erano regalate ai miei peggiori incubi, sangue, morte, budella e fuoco, mi riempirono la testa e mi accecarono. Sentivo l'odore del sangue, sentivo il fuoco ruggire, sentivo le urla che mi rimbombavano intorno mentre la gente moriva ovunque guardassi. *Stavo annegando nel sangue.* Mi mancava il respiro, intanto che le gambe cedevano sotto di me, troppo presa dal mio incubo per sentir sbattere le ginocchia contro il marmo.

«Che senso ha tutto questo?» urlò Ade, così forte che coprii le orecchie con le mani e chiusi gli occhi, inutilmente. Vedevo solo corpi fatti a pezzi, lambiti dalle fiamme. Mi presi la gola, disperata, senza riuscire a recuperare aria. *Stavo annegando nella paura e nel sangue.*

«Ade!» sentii la voce di Ecate, lontana. «Non ha il suo potere, la ucciderai!»

Immediatamente il terrore svanì, e una calma rassicurante mi invase. Respirai, premendomi le mani sul viso bagnato mentre Ecate si accovacciava accanto a me.

«Va tutto bene,» disse a bassa voce. «Andrà tutto bene.»

«Fuori, tutti quanti,» ordinò la voce insidiosa. Anche se poi continuò a bassa voce, le parole furono chiare come il giorno. «Tranne te, fratello. Io e te dobbiamo parlare.»

SETTE

Ecate ci aveva a malapena fatte uscire dalla sala del trono con l'uso della magia, e io ero ancora aggrappata al suo braccio quando la combinazione di terrore e adrenalina ebbe finalmente la meglio su di me e mi cominciò a tremare lo stomaco.

«Vino rosso e torta al cioccolato non sono più così attraenti, ora,» mormorò Ecate, fissando con disgusto il pasticcio che avevo prodotto sul pavimento del camerino. Poi si sentì un gorgoglio frizzante e il vomito sparì. «Tieni,» mi disse, porgendomi un bicchiere d'acqua. Lo presi con le mani tremanti e lei mi fece accomodare su uno sgabello. «Non ho mai visto Ade perdere il controllo del suo potere in questo modo. Mi dispiace.»

«Qual è il suo potere? Spaventare a morte la gente?» chiesi, con la voce ridotta a un gracidio amaro.

«Beh, no, ma questo è uno sfortunato effetto collaterale per gli umani.»

«Uh.» Presi un lungo respiro tremante.

«Ho visto.... delle cose orribili,» dissi sottovoce.

«Morti?» chiese lei inarcando un sopracciglio, con le

trecce che scintillavano mentre inclinava la testa di lato. Annuii.

«Già. Tanti morti.»

«Ade è il Signore dei Morti. È il più temibile di tutti gli dèi dell'Olimpo, anche se non è il più forte, e la sua rabbia farebbe vedere la morte a qualsiasi umano. E credimi, quella era la vera rabbia di Ade.» Sbuffò, mordicchiandosi il labbro. «Si è mostrato nella sua vera forma. Con degli spettatori. Questo è... Beh, pochissimi hanno visto i suoi occhi.»

Quegli occhi d'argento, pieni di disperazione e potere, mi riempirono la mente.

«Lo conosco,» dissi a bassa voce, abbassando lo sguardo sul mio bicchiere.

«Sì,» rispose Ecate, che si inginocchiò davanti a me con gli occhi blu pieni di compassione.

«Ma... La mia vita. La mia vita a New York...»

La mia vita reale sembrava lontanissima, con la mente ridotta a un vortice di pensieri, come se fosse stata solo un gioco, o un sogno. Riuscivo a sentirla scivolare via da me. Era perché stavo morendo da qualche parte a New York? Anche tutto questo sarebbe finito presto? Oppure era questa, la realtà? *Gli occhi di Ade.* Sapevo, sicuramente più di quanto avessi mai saputo in vita mia, che non era la prima volta che vedevo quegli occhi. Significavano qualcosa per me, nel profondo della mia anima. Ma cosa? Era amore per un marito? Non mi sembrava affatto amore. E come diavolo avrei potuto amare qualcuno il cui potere consisteva nel riempire la mente delle persone con le scene dei loro incubi?

«Mi dispiace che il tuo primo incontro con lui sia finito così. Sapevo che sarebbe stato abbastanza difficile, ma... averti quasi uccisa non è stato di certo l'ideale. Ma devi fidarti di me quando ti dico che penso andrà tutto bene. Forse. Se impari in fretta e se riusciamo a smettere di farti essere così... umana.»

Sbattei le palpebre guardando Ecate.

«Giusto,» dissi infine, non riuscendo a trovare nessuna alternativa più loquace.

«Ci dev'essere un modo per riattivare tutti i tuoi poteri, ma dobbiamo farlo lentamente. E senza che la stupida guardia con cui finirai se ne accorga.» Saltò in piedi. «Spera di avere la guardia di Atena o Ade, perché quella di Poseidone ci guasterà la festa.»

«Perché pensa che sia pericolosa?»

«Persy, è un'altra cosa che non posso dirti, quindi smettila di chiedere.»

«Smettila di chiedere?» Un lampo di rabbia fece breccia nella mia stanchezza. «Dici sul serio?»

«Senti, era di questo che parlava Atena. Devi accettare che il passato è passato, questo è quanto.»

La fulminai con lo sguardo, provando un brivido di soddisfazione quando l'espressione sicura sul suo volto vacillò. Non credevo di aver mai intimidito qualcuno in vita mia, Ma d'altra parte non avevo mai avuto un aspetto del genere né mi ero mai sentita in questo modo.

«Sono stata rapita, mi è stato detto che tutta la mia vita era una bugia e che avevo un marito di cui ignoravo l'esistenza. Se questo non è già abbastanza brutto, ora vuoi che concorra per sposare lo stesso uomo che ha già deciso di NON essere mio marito in passato, per vivere in un mondo pieno di cose morte quando tutto ciò che ho voluto fare per una vita intera è coltivare e far nascere cose.»

Mi alzai dallo sgabello, consapevole dell'aumento del volume della mia voce, così come del tono diverso, ma senza curarmene minimamente. «Come cazzo ti aspetti che non ti faccia domande?»

«Calmati,» disse Ecate a bassa voce.

«Calmarmi? Sei pazza, per caso? Certo che lo sei! Vivi all'inferno e puoi evocare il vino, non so nemmeno perché cazzo dovrei parlare con te.» Mi girai di scatto, chiudendo gli occhi e premendomi le mani sul viso. Era a tanto così dal perdere la testa, col panico che mi pesava sul petto. «Non ho intenzione di partecipare alle Prove. Non voglio stare qui. Non voglio avere niente a che fare con una creatura che è circondata dalla morte, che *incarna* la morte.» Le lacrime presero a bruciarmi gli occhi, così li chiusi ancora di più. «Questo è un dannato incubo. Ti prego, tirami fuori. Tiramene fuori.» Non sapevo a chi lo stavo chiedendo, volevo soltanto che la richiesta si avverasse. «Non posso restare qui.» Era peggio della scuola. Era peggio dell'essere derisa e chiamata 'spazzatura da roulotte' e del sentirsi lanciare addosso stupidi insulti. Era peggio di Ted Hammond che mi alitava sul collo e mi palpeggiava. Quei corpi in fiamme, l'odore del sangue, la paura paralizzante...

«Mi dispiace, Persefone. Adesso devi competere.» La voce di Ecate suonava tesa mentre sedeva alle mie spalle. «Adesso ti mando a dormire. Ti sveglierò prima della prima Prova.»

«No, ti prego—» cominciai a dire, girandomi di scatto per guardarla in faccia, ma persi i sensi prima ancora di vederla.

～

Sbattei le palpebre e il mondo che mi circondava mi apparve confuso. Ero in un letto dal materasso comodo, e uno spesso piumone mi copriva fino alla testa. Tuttavia, più che soffocarmi, mi sembrava accogliente, così lo afferrai per stringerlo intorno a me mentre i ricordi delle ultime ore mi travolgevano come un'onda. Mi si formò un groppo in gola intanto che la consapevolezza mi riempiva pesante il cuore. Ora che il panico, l'adrenalina e la leggera isteria erano temporaneamente a bada, sapevo con certezza che, quando mi sarei messa a sedere e avrei posato i piedi a terra, mi sarei ritrovata ancora in questa realtà del cazzo anziché nel mio mondo. Avevo capito che era reale, ormai. Per quanto improbabile fosse, una parte profonda di me, forse persino della mia anima, se ne avevo una, lo aveva capito.

«Merda,» mormorai. «Merda, merda, *merda*.» Cosa avrei fatto, adesso? Ripensai alle parole di Atena: avrei dovuto lasciar perdere e andare avanti. Ecate aveva detto che dovevo partecipare alle Prove, per sposare il Signore degli Inferi. Rabbrividii. Non potevo sposare quel mostro. Non era assolutamente possibile. Voglio dire, era fatto di fumo, per l'amor di Dio! Quei profondi occhi d'argento mi balenarono in mente.

Eri sposata con lui, una volta. Come? Com'era possibile? Non avrei mai potuto amarlo, era dannatamente terrificante. E, sebbene non mi considerassi una pappamolla totale, non ero esattamente un tipo sadico amante del sangue e della tortura. Cominciai a chiedermi come sarebbe stato il sesso con un uomo fatto di fumo e morte. Probabilmente sarebbe stato molto più perverso di quello a cui ero abituata. *Smettila*, mi rimproverai.

Dovevo solo non vincere le Prove, così non avrei dovuto sposarlo. E con ogni probabilità non avrei vinto nulla nemmeno se avessi voluto. Cosa sarebbe successo dopo aver perso le Prove? Sarei rimasta in quel mondo oppure sarei tornata a New York? Supposi che entrambe le cose sarebbero state meglio che rimanere negli inferi. Nell'Olimpo c'erano dei giardinieri?

Rimasi immobile nel letto, rifiutandomi di sbirciare fuori dalle coperte mentre valutavo le opzioni disponibili. Una cosa che continuavo a ripetermi era che il panico e la negazione non mi sarebbero serviti a molto. Se avessi dovuto combattere, come mi aveva anticipato Ecate, avrei dovuto affrontare qualche pericolo. Il che presupponeva che fossi forte, una cosa in cui non ero particolarmente brava. Ero una campionessa nell'evitare i combattimenti, però. Tuttavia, non volevo essere un bersaglio facile, non perché stavolta mamma e papà non avrebbero potuto comprarmi una casa, ma perché ero un'umana, quindi più debole di tutti gli altri. E non potevo sopportarlo. Non di nuovo. Ci erano voluti sei anni per arrivare al punto in cui sentivo di poter reggere il confronto con New York. Sei anni per acquisire la fiducia necessaria a seguire i miei sogni e a fare progressi. Sei anni per poter rifiutare con sicurezza i bei ragazzi arroganti che mi facevano la corte. Il volto di Zeus mi riempì la mente, fondendosi con quello di Ted Hammond, e io mi rimproverai nuovamente. Non era possibile che succedesse di nuovo, pensai sfregando la faccia contro il cuscino, con un istinto di sfida che mi animava. Non era assolutamente possibile.

Ecate aveva detto che una volta possedevo dei bei vestiti, nonché dei poteri. Dubitavo di essere mai stata tosta come lei, ma Poseidone mi aveva definita pericolosa. Forse, anziché preoccuparmi di ciò che era successo, avrei dovuto seguire il consiglio di Atena: dimenticarmi di scoprire ciò che era accaduto in passato e andare avanti – scrivere una nuova definizione di 'pericolosa'. Una nuova

Persy con cui nessuno voleva scherzare. Soprattutto quello stronzo dagli occhi viola, Zeus.

«Toc, toc?» disse una voce interrogativa alla porta, e io feci un respiro profondo.

«Sì?» risposi, togliendomi con riluttanza il piumone dalla testa.

«Bene, sei sveglia,» disse Ecate, entrando nella stanza attraverso una massiccia porta di mogano. Mi trovavo in una stanza senza finestre, con le pareti dipinte di un intenso blu navy e il soffitto che emanava la stessa luce diurna delle pareti del camerino. Mi guardai intorno, osservando l'armadio e la toeletta dall'aspetto antiquato ma costoso, e la credenza contenente bottiglie di vetro piene di liquidi colorati.

«È un bar, quello?»

«Sì.»

«Bene,» dissi, e mi tolsi le coperte di dosso. Mi avvicinai alla credenza e versai del liquido ambrato da un decanter quadrato in uno dei due bicchieri vuoti.

«Vuoi sapere cos'è prima di berlo?» chiese Ecate, ma io scossi la testa e lo scolai in un colpo solo. Bruciava e mi lacrimavano gli occhi, ma era esattamente ciò di cui avevo bisogno. *Ho bisogno di fuoco nella pancia*, pensai, respirando tra i denti. *Ne avevo davvero bisogno.*

«Per favore, puoi vestirmi con la cosa più tosta che possedevo?» chiesi a Ecate, guardandola. «Ho smesso di dare di matto.»

«Sono davvero felice di sentirtelo dire,» mi rispose raggiante, con gli occhi brillanti. «Ed è esattamente lo stile che vuoi, visto che stai per combattere contro un demone.»

La mia nuova e impetuosa determinazione vacillò a quelle parole.

«Un... demone?»

«Sì, ma di basso livello, dato che è la prima Prova. Fidati, non è difficile metterli alle strette.»

«Ecate, l'ultima volta che ho combattuto contro qualcuno è stato Sam, quindici anni fa.»

«Chi è Sam?»

«Mio fratello. O almeno, quello che pensavo fosse mio fratello,» risposi, e la tristezza mi colpì allo stomaco come un pugno. «Immagino che non lo rivedrò,» sussurrai.

«Quando sarai sposata con Ade potrai fare quello che ti pare, quindi non preoccuparti,» disse lei con disinvoltura. L'argento che le copriva le orecchie brillò quando scrollò le spalle. Aprii la bocca per dirle che avrei fatto di tutto per evitare di sposare Ade, ma poi la richiusi. Forse non era ancora una buona idea condividere tutti i miei piani. E, se fossi riuscita a realizzarli, non avrei dovuto perdere mio fratello.

«Giusto. Allora, come si combatte un demone?»

«Dipende da che tipo è.» Si voltò verso l'armadio e aprì le ante per rivelare file e file di vestiti, di tutti i colori immaginabili. «Non ci sono molte delle tue vecchie cose, ma le ricordo abbastanza bene per poter rimediare con un po' di magia,» mi fece l'occhiolino.

«Grazie,» dissi. «Davvero, però, come si combatte un demone?»

OTTO

In quello che mi sembrò un attimo, ero di nuovo nella sala del trono con Ecate, in preda a un leggero giramento di testa a causa del brusco teletrasporto. Stavolta, però, riuscii a tenere al suo posto il contenuto del mio stomaco, il che fu una piccola consolazione.

Portavo i capelli bianchi raccolti in una coda alta, con una fascia d'argento decorata con gemme di smeraldo che li teneva lontani dal viso. «Così non perderai mai di vista il demone,» aveva detto Ecate. Anche i miei vestiti avevano uno scopo adatto al combattimento: pantaloni neri di pelle morbida e un corsetto dello stesso materiale un po' meno cedevole così da potermi riparare da eventuali artigli. Dato che l'indumento mi arrivava a malapena sopra il seno, non ero sicura di cosa avrei dovuto fare se gli artigli avessero puntato più in alto.

Basta che rimani fuori dalla sua portata, mi dicevo, visto che Ecate aveva passato gli ultimi dieci minuti a ripetermelo. Ero brava a stare fuori dai piedi ed ero anche veloce a farlo. Non era esattamente quello per cui pensavo di allenarmi quando, nell'ultimo anno, mi ero costretta ad andare a correre a giorni alterni, ma ero sicuramente contenta di averlo fatto.

Fortunatamente, la sala del trono era vuota, perciò ne approfittai per avvicinarmi alla predella. Su di essa, c'erano solo due massicci troni, così imponenti da mozzare il fiato. Pensai che uno appartenesse ad Ade, poiché sembrava fatto interamente di ossa. Rabbrividii osservando i teschi che rivestivano lo schienale arcuato, le lunghe ossa degli arti che costituivano le gambe dell'enorme sedia, le costole ricurve che decoravano i braccioli. Qualcosa di nero, che sembrava quasi vivo, teneva insieme tutte le ossa che formavano il trono, e distolsi lo sguardo da quell'oggetto inquietante per spostarlo sull'altra seduta.

Per quanto fosse spaventoso il primo trono, il secondo, forse, lo superava. Sembrava fatto di qualcosa che somigliava a uno spesso filo spinato a forma di rovo. Grandi rose di metallo con bordi affilati e frastagliati costituivano lo schienale e la seduta dell'enorme sedia, e non riuscivo a capire come qualcuno potesse sedersi su una cosa del genere senza tagliarsi a pezzi. Spine dall'aspetto letale spuntavano dalle viti avvolte lungo le gambe e i braccioli del trono, e scossi la testa con un lungo respiro. Guardare i due troni brutali mi faceva confondere, e peggiorava il mio nervosismo. Preferii voltarmi, invece, verso le enormi fiamme che lambivano i lati della sala.

«Cosa c'è sotto di noi?» chiesi a Ecate.

«Altro fuoco,» disse lei scrollando le spalle.

«C'è un modo per entrare in questa stanza senza il tuo teletrasporto magico?»

«Non che io sappia.

· · ·

No, non c'è altro modo. Ma se pensi che questa sia bella, dovresti vedere la *mia* sala del trono.»

Mi voltai lentamente, già consapevole di chi fosse quella voce che aveva parlato. L'arroganza era inconfondibile.

«Zeus,» dissi a denti stretti. Ecate stava chinando la testa, lanciandomi un'occhiata tagliente. Ma non avevo intenzione di fare lo stesso. Era la mia occasione per assicurarmi che non sarei stata ancora maltrattata da quell'idiota.

«Sei in presenza del Signore degli Dèi. Ti suggerisco di mostrare un po' di rispetto,» sorrise lui. Aveva le sembianze del ragazzo biondo della caffetteria.

«Sei in debito con me,» sibilai. «Mi hai rapita solo per fare degli stupidi giochetti con tuo fratello. Finché non saremo pari, non avrai alcun rispetto da me.»

Sentii il respiro affannoso di Ecate mentre vedevo gli occhi di Zeus diventare scuri e la sua corporatura da surfista cominciare a espandersi davanti a me.

«Credo tu abbia bisogno che ti ricordi chi sono, piccola mortale,» disse lui, con il sorriso che non coinvolgeva più gli occhi. Intorno a lui cominciarono a scintillargli tutt'intorno, sfrigolando nel marmo, ma io non mi scomposi. A quel punto, cosa avevo da perdere? Se proprio avessi dovuto iniziare queste fantomatiche Prove, non avrei cominciato facendomi maltrattare.

Lo guardai male mentre il lampo viola si avvicinava.

«Non finirai nei guai, se uccidi la ragazza che avevi penato tanto per trovare?» chiesi cantilenando.

«Nei guai? Io? Nessuno castiga Zeus!» Ora era tre volte più grande di me, tanto che quasi sfiorava l'alto soffitto a volta della sala, ma io rimasi ferma. Il mio stomaco si agitava mentre i fulmini si conficcavano nella pietra a pochi centimetri dai miei stivali di pelle, ma riuscii a non far trasparire la mia ansia.

«Toccale un solo capello e scopriremo una volta per tutte quale re è il più forte,» sibilò una voce, mentre la mia pelle sembrò improvvisamente ricoperta di ghiaccio. Una figura fumosa apparve accanto a Zeus, e la tensione crepitò letteralmente nell'aria. Poi Zeus cominciò a rimpicciolirsi lentamente, allentando la tensione man mano che le sue dimensioni diminuivano.

«Mi piace una donna che sa farsi valere,» disse Zeus mentre tornava nuovamente ad assumere dimensioni umane. «Questo potrebbe rivelarsi ancora più interessante di quanto avessi prevista,» sorrise, con un nuovo sguardo e un'inquietante luce negli occhi. Lo ignorai, puntando i miei su Ade. Volevo disperatamente rivedere quegli occhi. Erano stati l'unica cosa che avevo riconosciuto in questo modo, l'unica cosa che avesse una sorta di senso da quando ero arrivata, anche se non sapevo quale.

Tuttavia, le uniche cose che riuscivo a vedere erano flebili accenni di lineamenti, le tracce di una bocca e un minuscolo lampo argenteo nel fumo scuro. Niente a cui potessi aggrapparmi. Però mi stava fissando di rimando, questo riuscivo a percepirlo.

«Non ci siamo presentati ufficialmente,» dissi con la bocca asciutta. «Sono Persefone.»

E poi, eccoli lì. Per meno di un secondo, così veloci che quasi me le persi, quelle sfere d'argento balenarono tra i rivoli di fumo nero.

«Non dovresti essere qui,» disse, con una voce che mi fece pensare ai serpenti.

«Già. L'ho sentito dire. Ma sono qui, quindi...»

«Sei umana e mortale, quindi è molto improbabile che

tu vinca le Prove. Una volta terminate, verrai riportata a New York.»

Fui attraversata da un'onda di sollievo, così forte che le ginocchia quasi mi cedettero. Ade aveva i miei stessi piani.

«Se sopravvive,» aggiunse Zeus, che si stava avvicinando ai troni sulla predella. Una leggera ondata di calore tagliò il freddo che sentivo, mentre i viticci di fumo danzarono ancora, facendo comparire la sagoma di Ade.

«Quindi avevo ragione? Non puoi uccidermi? O farmi del male?» chiesi a Zeus, desiderando che la mia fiducia aumentasse mentre i palmi delle mani cominciavano a sudare. Il sudore era la reazione standard del mio corpo di fronte a qualsiasi tipo di stress. Stupido corpo.

Zeus mi guardò negli occhi e agitò le mani, facendo apparire altri undici troni sulla predella; quello con le rose, invece, scomparve. Si sedette lentamente al suo posto.

«Non durante le Prove. E comunque, non voglio farti del male. Ci sono tante altre cose che preferirei fare con te...»

Un'ondata più forte di calore mi investì e, per un attimo, mi sembrò di vedere il petto di Ade solidificarsi sotto il fumo.

«Giusto,» dissi, flettendo le dita. «Beh, in questo caso, vorrei cogliere l'occasione per informarti che sei uno stronzo colossale.»

Ecate emise un colpo di tosse strozzato, e io lasciai che il mio sorriso si allargasse fino a mostrare tutti e trentadue i denti. Un lampo feroce illuminò gli occhi di Zeus, ma non ero sicura fosse rabbia.

«Oh, Ade, fratello mio. Capisco perché ti piaceva così

tanto. E capisco anche perché è stato così difficile lasciarla andare.»

«Basta!» gridò Ade, e la temperatura salì ancora di più. «Dove sono gli altri?» sibilò dirigendosi verso i troni, con le gambe fumose che sembravano portare più peso di quanto fosse possibile. Presi alcuni lunghi respiri controllati. Ce l'avevo fatta, mi ero fatta valere. Tuttavia, non ero sicura di aver messo a tacere Zeus. Anzi, avevo l'orribile sensazione di averlo solo reso più interessato a me.

«Oh, non li ho ancora evocati,» disse sorridendo il Signore degli Dèi, per poi schioccare le dita.

La stanza cominciò a trasformarsi intorno a me, con il terreno che rimbombava e lampi di luce bianca che mi disorientavano. Mi stavo spostando più in basso, ne ero certa. Infatti, poco dopo, mi ritrovai in una fossa circolare, a circa tre metri sotto il resto della stanza. La predella, ora, cingeva un semicerchio della fossa mentre gli dèi apparivano uno alla volta sui loro troni per scrutarmi dall'alto. Mi voltai lentamente, e vidi tre nuovi volti sul lato opposto, e un uomo con una toga bianca in piedi accanto a un enorme piatto di fermo. Ecate era ancora al mio fianco, nella fossa, così la guardai.

«Quelli sono i giudici,» disse senza che glielo chiedessi. «E lui è il commentatore. Quella è una parabola a fiamma, che usiamo per inviare immagini al resto dell'Olimpo, come i televisori che avete voi mortali nel vostro mondo.»

Mentre parlava, le fiamme arancioni che tremolavano delicatamente nella parabola sopra di noi si alzarono, scintillanti e bianche, per sparire subito dopo, sostituite da un'immagine della forma fumosa di Ade. Guardai dove il dio sedeva realmente, sul trono di teschi. Fui attraversata da un brivido quando mi accorsi che mi stava fissando senza alcun lineamento in volto.

«Come ormai tutti sapete, questa è l'ultima partecipante alle Prove dell'Ade,» disse lui e, con un sussulto, mi resi conto che l'immagine nella parabola stava pronunciando le stesse parole. Era come se una telecamera lo stesse riprendendo. «Ci saranno tre round, ciascuno composto da tre Prove. L'attuale favorita, Minte, ha vinto cinque gettoni. Per batterla, Persefone,» la sua voce melliflua incespicò leggermente quando pronunciò il mio nome, causando il riaffiorare della mia pelle d'oca, «dovrà ottenerne almeno sei per vincere. Sconfiggi lo scheletro di Sparta.» Tacque, poi il commentatore si ravvivò, facendomi sobbalzare.

«Buongiorno, Olimpo! Avete appena ascoltato le parole del Signore degli Inferi in persona. Riuscirà l'ultima concorrente a battere l'amata Minte per un posto sul Trono delle Rose? Inizierà con una prova facile, quella dello scheletro di Sparta. Come tutti sapete, le Prove dell'Ade misurano la futura regina davanti ai quattro valori più cari ai nostri dèi: gloria, intelligenza, lealtà e ospitalità. Tutto quello di cui la regina dei morti avrà bisogno in abbondanza!»

Sembrava un presentatore televisivo del mio mondo, o almeno così pensai mentre ascoltavo con attenzione le sue parole troppo eccitate. Si trattava quindi di una prova di gloria?

«Beh, devo dirlo: questa nuova arrivata ha proprio un bell'aspetto, ma chi è? Finora non sappiamo nulla della sua storia o dei suoi poteri, ma ci verrà indubbiamente rivelato qualcosa di più mentre la guarderemo combattere!»

Mi accigliai.

«Se ero già sposata con Ade, come mai non sanno chi sono?» chiesi a Ecate sottovoce.

«Gli dèi ti hanno cancellata dalla storia dell'Olimpo. Solo loro, e una manciata di divinità inferiori del mondo sotterraneo, come me, sanno che sei esistita.»

«Giusto.» Cancellata dalla storia? Non era un po' esagerato? *Cosa diamine era successo?* La curiosità mi bruciava le viscere mentre cercavo di immaginare una vita in quel luogo, ma alla fine fui costretta a rinsavire e tornare alla realtà. Sarei andata avanti, come aveva detto Atena. L'unica cosa che contava era il futuro, adesso.

«Ora devo andare. Buona fortuna,» disse Ecate con uno sguardo sincero sul suo bel viso affusolato.

«Grazie,» le risposi.

I suoi occhi divennero bianco latte intanto che l'aria intorno a lei si increspava, facendola sparire. Un soffocante senso di solitudine mi invase immediatamente. All'improvviso, però, un rombo sulle pareti della fossa in cui mi trovavo attirò la mia attenzione, e osservai gli intricati disegni che sembravano emergere dal marmo, come se scolpiti davanti ai miei occhi. Erano viti, coperte da grappoli d'uva e foglie, che si attorcigliavano tra loro e si estendevano lungo la parete fino a tornare al punto di partenza. Tuttavia, sentivo ci fosse qualcosa di sbagliato, così mi avvicinai alla pietra per guardare da vicino. Alcune delle viti non combaciavano bene, come due pezzi di un puzzle che non stavano insieme. Allungai la mano per toccare una delle zone in cui le viti si interrompevano bruscamente, e sentii un suono sferragliante dietro di me.

«Oggi, Persefone non avrà una folla ad acclamarla,

come previsto dalle regole della prima Prova. Ma è la sua occasione di vincere o perdere sostenitori,» pronunciò il commentatore, con una tangibile eccitazione nella sua giovane voce. «Riuscirà a sconfiggere in breve tempo il suo primo demone? Oppure andrà incontro a una fine prematura e consegnerà a Minte il trono?»

Lo fulminai con lo sguardo finché lo sferragliare non divenne più forte e la polvere cominciò a raccogliersi in una grande palla dall'altra parte della fossa. Mi si strinse lo stomaco e mi si tesero i muscoli intanto che la polvere vorticava più velocemente, indurendosi in qualcosa. Spostai il peso da un piede all'altro, col cuore che mi cominciava a martellare forte nel petto. Un movimento attirò la mia attenzione, e mi resi conto che sulle pareti stavano comparendo altre incisioni, ma più profonde e non dello stesso colore della pietra.

Armi. Erano armi. A sei metri alla mia sinistra c'era un'enorme spada, tenuta saldamente in piedi dalle viti di marmo, come se fosse nata dalla parete stessa. Non riuscivo a capire cosa ci fosse nella massa di polvere che ancora vorticava, ma alla mia destra c'era un'ascia dalla lama scintillante. Mi voltai rapidamente e vidi un flagello alle mie spalle, tra i rampicanti bianchi. Avevo un corto manico di legno con una catena che usciva dall'estremità, sormontata da una palla d'argento scintillante coperta da aculei affilati di quattro pollici. Allungai la mano verso di essa, e le viti di pietra si sgretolarono non appena la toccai, per poi riformarsi subito dopo. Non era pesante come pensavo, eppure mi tremavano le mani quando la sollevai. La feci oscillare delicatamente mentre tornavo verso la polvere; il mio sollievo per il fatto di poterla usare con una sola mano svanì quando mi resi conto di cosa avevo davanti.

NOVE

La polvere si era dissolta e, al suo posto, c'era quello che potevo solo supporre fosse uno scheletro di Sparta. Sembrava che il nome fosse azzeccato. La mascella dello scheletro si aprì e si chiuse in modo inquietante mentre mi guardava, e io cercai di calmare le mie gambe tremanti. Era come se un vestito di Halloween avesse preso vita, con quelle ossa bianche e scintillanti e gli occhi vuoti. Stava sollevando una spada e cominciava a muoversi verso di me. Feci oscillare il flagello nella mia mano nel tentativo di fargli prendere velocità ma, come se avesse percepito il pericolo, lo scheletro prese subito a correre. L'adrenalina mi inondò ogni vena, intanto che l'istinto di lotta e quello di fuga combattevano dentro di me. Mantenni la posizione, sollevando il flagello mentre girava vorticosamente e facendo attenzione a tenerlo a una certa distanza dal mio corpo. Grazie agli dèi, era davvero leggero. I miei patetici tentativi in palestra non mi avrebbero permesso di brandire molto di più.

Se Ecate aveva detto che si trattava di un demone facile da sconfiggere, allora lo avrei battuto facilmente, o almeno così cercai di farmi forza mentre mi si accorciava il respiro e lo scheletro sollevava la spada sopra la testa accompagnando il gesto con un sibilo. Lanciai goffamente il flagello appena prima che quella cosa di avvicinasse abbastanza da far cadere la spada, consapevole che la mia arma aveva una copertura maggiore. La palla ricoperta di aculei si schiantò contro la gabbia toracica dello scheletro, facendo volare e sferragliare le ossa a terra mentre la metà superiore del corpo si rovesciava all'indietro, ormai staccata dal resto. La spada cadde insieme a essa, e il metallo risuonò fragorosamente sul marmo quando lo colpì. Trattenni il fiato intanto che il flagello tornava verso di me, sentendo la spalla contrarsi leggermente per allontanare la sfera letale. Ce l'avevo fatta! Ma... L'inquietudine si insinuò nella mia breve euforia quando alzai lo sguardo verso gli dèi ancora in silenzio e poi verso i giudici: nessuno si muoveva, e tutti avevano gli occhi fissi sullo scheletro di Sparta.

Troppo facile. È stato davvero troppo, troppo facile, pensai tornando a guardare il demone.

E, come era certo sarebbe successo, le ossa sparse presero a vibrare dolcemente, finché una non si diresse verso le gambe ancora in piedi. Presi fiato intanto che tutte le altre ossa cominciavano a tornare indietro per ricostruire lo scheletro davanti ai miei occhi increduli.

Va bene, pensai, con la pausa che mi serpeggiava nel corpo carico di energia. *Come faccio a sconfiggere uno scheletro che può ricomporsi da solo?* Pensai a tutti i fantasy e i libri horror che avevo letto. Avrei dovuto distruggere le ossa? Dargli fuoco? Congelarlo? Mi guardai intorno nella fossa, alla ricerca di qualcosa che potesse essermi più utile. L'arma che non avevo visto prima era una balestra, ma non pensavo potesse aiutarmi. Il flagello sembrava la scelta migliore per rompere le ossa. Mentre lo scheletro si piegava per recuperare la spada da dove giaceva a terra, presi una decisione. Con un ruggito mi lanciai verso di lui, stavolta facendo roteare il flagello più velocemente. Scagliai la palla contro il cranio della cosa, provando un'enorme soddisfazione quando cadde dal suo corpo con un altro sibilo. Il suo braccio ossuto si allungò verso di me e io feci cadere il flagello sull'avambraccio, sperando di scheggiare l'osso che, invece, si ruppe all'altezza del gomito e cadde a terra. Mi spostai all'indietro, fuori dalla portata dell'altro braccio, poi feci cadere l'arma sulle ossa a terra più forte che potevo. Le onde d'urto provocate dalla palla che colpì il marmo solido raggiunsero la mia spalla; tuttavia, quando sollevai la palla con gli aculei, le ossa sembravano completamente intatte.

«Come–» cominciai, poi il dolore mi attraversò il cranio e barcollai di lato mentre macchie nere mi offuscavano la vista. Sentii dita fredde e ossute scostarsi dal mio braccio intanto che inciampavo confusa e mi rendevo conto, nonostante la confusione, che dovevo spostarmi. Quella dannata cosa mi aveva colpita, e anche forte. Le mie gambe mi portarono rapidamente dall'altra parte della fossa e, quando mi voltai indietro, vidi il cranio dello scheletro di Sparta tornare al suo posto, in cima alla lunga spina dorsale.

Merda. Sarebbe stato più difficile del previsto. Se non avevo possibilità di spaccare le ossa, cos'altro mi rimaneva da fare? Mi tornò in mente l'insistenza di Ecate quando mi aveva detto che la prova sarebbe stata facile anche per qualcuno che non sapeva combattere. Gloria, intelligenza, lealtà e ospitalità. Erano quelle le cose su cui dovevo essere messa alla prova, secondo l'irritante commentatore. Lo scheletro sollevò di nuovo la spada, con la mascella che scattava più velocemente di prima, un suono che mi fece battere i denti. Mi spostai lentamente lungo la parete e lui si girava per seguirmi. La paura cominciò a cancellare ogni mio pensiero razionale, la voglia disperata di uscire da quella situazione del cazzo cresceva a dismisura dentro di me. *Dai, Persefone*, mi rimproverai, sbattendo le palpebre per ricacciare indietro le vertigini. *Se è reale, devi sopravvivere. Se non lo è, allora non hai nulla da perdere. Risolvi il problema, adesso.*

In questo caso, la lealtà e l'ospitalità non mi avrebbero aiutata, ma l'intelligenza… Forse non si trattava di combattere, ma di furbizia. Mi voltai rapidamente verso il muro, e sentii il demone cominciare a muoversi, con i piedi ossuti che battevano sul pavimento di marmo. Avevo solo pochi secondi a disposizione.

Passai lo sguardo sul marmo finché non individuai una parte delle viti che non corrispondeva. Allungai la mano e sfiorai il marmo con le dita. Era caldo e, quando insistetti di più, mi accorsi che era anche morbido. Tuttavia, non ebbi il tempo di scoprirlo, e balzai di lato proprio mentre la spada si abbatteva sul punto in cui mi trovavo pochi istanti prima. Fui più veloce dello scheletro, però, e scattai verso l'altro lato della fossa senza guardarmi indietro. Mi mossi il più velocemente possibile, scrutando le pareti alla ricerca dei punti in cui le viti erano state spezzate, poi tirai fuori gli strani pezzi di marmo caldo e li incastrai in altri punti. Non appena le estremità sbilenche si incontrarono di nuovo, le viti divennero dure e fredde.

Ero sicura di star facendo la cosa giusta, ricollegando il disegno. Dopotutto, non c'era nient'altro nella fossa, a parte il demone. Mi tenevo appena fuori dalla sua portata, intenta a passare velocemente in rassegna le pareti e, probabilmente, a mancare qualche pezzo, ma stavo facendo progressi.

Dopo alcuni giri della stanza ero quasi sicura di averli trovati tutti e di aver evitato i colpi della spada del demone, ma non stava accadendo nulla. Dovevano essercene altri, pensai, correndo appena davanti ai passi rumorosi mentre scrutavo disperata la pietra. Cominciavo a sentire la fatica nelle gambe, il respiro affannoso e un dolore al braccio che sorreggeva il flagello.

«Aha!» gridai presa dall'entusiasmo quando individuai due pezzi di vite spuntati a pochi centimetri dal pavimento. Mi abbassai per sistemarli, quasi sbandando a causa del veloce slancio che mi aveva portata troppo velocemente sul marmo. Mentre mi inginocchiavo, sapevo che mi stavo mettendo in una posizione molto vulnerabile, e il cuore prese a battermi forte nel petto quando misi a posto le viti. La spada mi sibilò a pochi millimetri dall'orecchio e trattenni il fiato non appena saltai di nuovo in piedi e via, correndo, quando sentii un'echeggiante rombo. Senza rallentare, rivolsi la schiena al muro e le mie gambe si lanciarono in una stramba corsa laterale finché non vidi che lo scheletro si era fermato. Rallentai con sospetto i miei passi, sentendo il ronzare adrenalinico di ogni mio muscolo. Avevo fatto quello che dovevo? Il demone si sarebbe ridotto in polvere?

Improvvisamente, al centro della fossa cominciò ad apparire un buco, dapprima minuscolo, poi in rapida crescita. Enormi fiamme di svariati colori, uguali a quelle che lambivano i lati dell'epica sala del trono, si sprigionarono attraverso il buco quando, finalmente, smise di dilatarsi. Il mio stomaco ebbe un sussulto mentre venivo travolta da un'ondata di calore. Ora c'era un buco di trenta metri che conduceva a un abisso infuocato e occupava la maggior parte della fossa in cui mi trovavo.

Certo, ora avevo un modo per uccidere lo scheletro: non avrebbe potuto sopravvivere, cadendo in quel buco.

Nemmeno io, però.

Attraverso le fiamme vidi lo scheletro gettare la spada sul marmo e mi accigliai. Perché l'avrebbe fatto? Poi le sue orbite cave si fissarono sul mio viso e mi si bloccò il respiro: stava venendo verso di me. Pensai per un attimo di provare ad arrampicarmi fuori dalla fossa, ma il motivo della vita era stato risucchiato dalle pareti, e anche le altre armi erano sparite, lasciando liscia la superficie del marmo. Ero in trappola. Ora lo scheletro aveva preso a correre, vicino al muro e lontano dal buco. Mi resi conto che era più veloce, senza la pesante spada tra le mani. Scappare sarebbe stato inutile, perché immaginavo che gli scheletri non si stancassero, e io ero già fin troppo esausta.

Questo significava che avrei dovuto farlo ora o mai più. Guardai il flagello che avevo in mano. Non avrei mai rinunciato alla mia arma.

Partendo dal presupposto che gli scheletri non erano esseri intelligenti, presi un respiro profondo e mi avvicinai al buco in fiamme, voltandogli le spalle e facendo oscillare velocemente la palla chiodata. Sentivo i miei abiti di pelle riscaldarsi con il calore delle fiamme a causa della mia vicinanza ad esse. Guardai alla mia destra e vidi il demone che si avvicinava, una vista che mi costrinse a deglutire rumorosamente.

Fatti valere, Persefone. Fatti valere, cazzo.

Lo scheletro si voltò bruscamente e io mandai una

silenziosa preghiera di gratitudine a chiunque fosse in ascolto. Avevo ragione, era troppo stupido per essere prudente. Infatti, stava venendo dritto verso di me.

Quando il demone mi raggiunse, gettò entrambe le braccia in avanti, pronto a spingermi, ma io mi abbassai e mi gettai di lato, scagliandogli contro il flagello. L'arma colpì il bersaglio e sentii un tintinnio di ossa che mi spinse a voltarmi. Avevo staccato solo un braccio e i pezzi d'osso stavano già vibrando sul pavimento. Tuttavia, non esitai e sfoderai l'arma contro la testa dello scheletro. Quest'ultimo alzò l'altro braccio per bloccarmi, e la palla gli staccò il polso. Calciai più in alto che potevo, con lo stomaco che si ribellava quando sentii gli stivali di pelle toccare le ossa dure, ma lo scheletro si mosse a malapena. Le ossa cadute stavano sfrecciando verso di lui, e fu in quel momento che il panico prese il sopravvento. Con un ruggito, abbassai la spalla e mi fiondai sulla sua gabbia toracica.

Fortuna volle che cadesse. Ma lo feci anch'io. Atterrai sul petto della cosa, provando una breve soddisfazione quando sentii le costole cedere sotto il mio peso, poi terrore puro quando rotolai via e per poco non caddi direttamente nel buco. Una fiamma viola si alzò accanto a me e, per una frazione di secondo, le mie membra si bloccarono, la paura mi rese incapace di muovermi. Il pensiero di cadere mi invase ogni pensiero, paralizzandomi. Poi, dal nulla, una voce nella mia testa parlò:

Hai circa dieci secondi prima che quella cosa si ricomponga. Muoviti, ora.

Era una voce maschile e, senza volerlo, i miei muscoli si contrassero e mi rimisi in ginocchio, allontanandomi dall'orlo del baratro il più velocemente possibile. Quando fui a un metro di distanza mi spinsi in piedi e mi voltai. La gabbia toracica dello scheletro si era rotta quando le ero caduta sopra, le membra erano sparse sul pavimento di marmo. Scalciai con forza ogni pezzo che riuscivo a raggiungere con i piedi, facendolo volare dritto nell'abisso fiammeggiante. Il cranio del demone sibilava a ogni osso che oltrepassava il bordo del buco, le sue braccia staccate si agitavano a terra mentre, finalmente, raggiungevo il cranio. La speranza mi attraversò quando guardai le orbite nere e vuote. Avevo vinto, pensai, mentre raccoglievo le ultime energie per spingere il cranio tra le fiamme con quanta più forza potevo.

DIECI

«Beh, che dire, gente! Non è stato l'incontro più elegante che abbiamo visto, ma ha portato a casa il round!» La voce del commentatore rimbombò nella fosse mentre il boato ricominciava. Il buco si stava chiudendo e il pavimento si stava alzando. Gettai le braccia di lato per mantenermi in equilibrio, ansimando per recuperare fiato mentre l'adrenalina mi scorreva ancora nelle vene. Alzai lo sguardo verso gli dèi: Ermes e Dioniso applaudivano entusiasti, Atena e Afrodite più lentamente. Gli altri, invece, si limitavano a fissarmi, la forma fumosa di Ade tremolava e gli occhi di Zeus brillavano.

«Ora spetta ai giudici decidere il punteggio ottenuto!» Mi voltai intanto che il pavimento smetteva finalmente di muoversi, ora all'altezza dei tre uomini in poltrona. «Radamanto?» chiamò il commentatore. L'uomo a sinistra, paffuto e allegro, con barba e sopracciglia scure e folte, mi sorrise.

«Un gettone,» disse.

«Eaco?» chiese il commentatore al secondo uomo,

dalla pelle così pallida da essere quasi blu, che parlò con voce fredda senza incrociare il mio sguardo.

«Un gettone,» disse.

«E Minosse?» L'ultimo uomo, dalla pelle scura e dalla testa calva e lucente, mi guardò intensamente. Anche i suoi occhi erano scuri, ma brillanti d'intelligenza, e mi sembrava che riuscisse a vedere in me molto più di quanto fossi disposta a mostrare.

«Un gettone,» disse alla fine.

«I giudici sono d'accordo! Un gettone per Persefone. E quale sarà il tuo premio, signorina?»

Mi guardarono tutti.

«Che c'è?» balbettai, e il commentatore mi rivolse un sorriso condiscendente che mi fece venir voglia di dargli un pugno sul naso.

«Puoi scegliere il tuo premio. Cosa vorresti vincere?»

«Posso tenerlo?»

«Sì.»

«Semi,» dissi, senza pause.

«Semi?» ripeté il commentatore, con la voce stupita e le sopracciglia che quasi sfioravano l'attaccatura dei capelli. «Vuoi dei semi?» Un sorriso gli incurvò le labbra e io lo fulminai con lo sguardo.

«Avrà semi di melograno,» disse Minosse, e il commentatore si inchinò a lui, nascondendo subito il suo sorriso.

«Certo che li avrà,» disse con riverenza. L'aria si increspò davanti a me, poi apparve una scatola che fluttuava a mezz'aria. Sembrava un lungo portagioielli e, quando allungai la mano tremante verso di esso, il coperchio si aprì di scatto. All'interno c'era una serie di piccoli scomparti, nel primo dei quali, sospeso in una specie di gel, c'era un seme di melograno rosso vivo.

«Ehm, grazie,» dissi. Non era proprio quello che avevo sperato quando avevo chiesto i semi, ma non mi aspettavo affatto una ricompensa, così lasciai cadere il mio flagello sul pavimento con un rumore sordo e chiusi la scatola. Forse avrebbero prodotto qualcosa di magnifico, quando sarei tornata a New York. Qualcosa di 'ultraterreno'. Mi aggrappai a quell'idea mentre prendevo qualche respiro profondo. *Avevo appena sconfitto uno scheletro demoniaco.*

«Non c'è di che, Persefone,» disse Minosse, poi l'aria davanti ai giudici si increspò e i tre sparirono.

«Ci rivedremo per la prossima prova tra tre giorni, e credetemi, sarà una bella sfida! Persefone metterà presto alla prova la sua ospitalità.» E anche il commentatore, dopo un veloce occhiolino, sparì.

«Ospitalità? Cosa dovrei fare? Invitare tutti a cena?» dissi, voltandomi di nuovo verso gli dèi. Un'ondata di potere mi investì e, senza nemmeno pensarci, mi inginocchiai chinando il capo.

«Ricorda qual è il tuo posto, ragazza,» sentii dire da Poseidone.

«Mi dispiace,» mormorai. Fui attraversata da un brivido di adrenalina e di soddisfazione. Avevo appena calciato uno scheletro demoniaco in un pozzo di fuoco multicolore. Questo posto era davvero folle, ma ce l'avevo fatta. Avevo sconfitto un demone.

«Ora dobbiamo assegnarti la tua guardia. Poi potrai riposare e prepararti per la prossima Prova,» disse Atena, e alzai la testa per guardarla.

«Vorrei proporre un'alternativa, se posso,» si intromise Dioniso, attirando su di sé gli altri undici sguardi.

«Perché?» chiese Zeus, accigliandosi.

«Perché no?» fece spallucce l'altro con un sorriso

pigro in volto. Indossava una camicia bianca aperta e pantaloni di pelle nera aderenti, con enormi stivaletti Doc Martin non allacciati correttamente. Più lo guardavo, più desideravo disperatamente di ubriacarmi con lui.

«Ci sono molte ragioni per non farlo,» disse Zeus severamente, voltandosi poi verso di me. Alle sue parole, mi balenò in mente un pensiero. Perché non sarebbe stato Zeus a scegliere la guardia? Come se avesse percepito la domanda che avevo posto a me stessa, mi sorrise.

«Non ho bisogno di assegnarti una guardia, mia cara e piccola Persy,» disse, ponendo enfasi sul soprannome che aveva letto sul mio cartellino in quella che, ormai, sembrava una vita fa. «Posso venirti a trovare di persona ogni volta che vuoi.»

Un'esplosione di calore si sprigionò dalla predella, e Zeus lanciò un'occhiataccia ad Ade con la bocca arricciata in un ghigno compiaciuto.

«Andiamo avanti, vi prego,» disse Atena alzandosi dal suo trono. La sua civetta non c'era, ma a parte questo era identica a quando l'avevo incontrata per la prima volta. «Ci sono quattro piume dietro di te. Ispezionale, poi scegline una.»

Mi girai e, certamente, dietro di me era apparsa una grande scrivania su cui figuravano delle piume. Mi avvicinai con passi cauti, posai la scatola con i semi sulla superficie in legno di ciliegio e presi la prima piuma. Era verde con i bordi gialli, lunga quasi quanto il mio avambraccio. Feci scorrere delicatamente le dita sul bordo morbido, sentendomi piuttosto stupida. Tutti gli dèi erano seduti alle mie spalle e mi guardavano accarezzare la piuma. Desideravo avere Ecate di nuovo accanto a me.

Un rivolo freddo mi percorse improvvisamente i polpastrelli, e provai un'inaspettata sensazione di grandezza e potere. Aggrottai la fronte intanto che scrutavo la piuma. Forse aveva molto più di quanto pensassi. Rimisi al suo posto la piuma verde e presi quella successiva, di un rosso intenso e feroce. L'angoscia e la rabbia m'invasero subito i pensieri, per questo la posai subito. Non pensavo di aver bisogno di quei sentimenti, nella mia vita. La piuma successiva era d'argento e d'oro, di gran lunga la più bella, nonostante fosse quella più piccola. Questo dettaglio mi insospettì immediatamente, portandomi a maneggiarla con cura. Quando la raccolsi, fui sorpresa di sentirmi improvvisamente più leggera, come se avessi molto meno di cui preoccuparmi. Le vacanze passate, quelle trascorse a rilassarmi e a leggere, mi riempirono i pensieri. Mmmh. Nutrivo ancora un po' di sospetti. Sembrava un po' troppo rassicurante. L'ultima piuma sembrava simile a quelle che avrei potuto raccogliere a Central Park: Era grigio-marrone, con una spolverata d'oro lungo il bordo, l'unica cosa che la rendeva meno comune. Tuttavia, appena la presi in mano, una risatina mi sfuggì dalle labbra. Non avevo idea di cosa mi facesse ridere ma, più a lungo tenevo tra le dita quella piuma noiosa, più mi sentivo divertita.

«Questa qui,» sorrisi, rivolgendomi agli dèi. Atena chiuse lentamente gli occhi e Dioniso agitò per un attimo un pugno in segno di vittoria.

«Ottima scelta, tesoro,» mi disse sorridendo. Aveva un accento molto britannico.

«Sei un idiota,» gli mormorò Poseidone scuotendo la testa. Il mio sguardo si spostò su Ade. Era deluso che non avessi scelto la sua piuma? Aveva importanza? Se ero bloccata qui nel suo mondo, avrebbe potuto vedere dove mi trovavo in ogni momento?

«Forse ti pentirai di aver preso questa decisione così

frettolosamente,» disse Atena con tono pacato, «ma è stata una scelta giusta.» Riposi la piuma sulla scrivania e capii subito che aveva ragione. Avevo preso quella decisione d'impulso perché la piuma mi aveva fatto sorridere. *Merda, avrei dovuto scegliere quella del potere.* Raccolsi la scatola dei semi e mi voltai verso gli dèi.

«Cosa succede, adesso?» chiesi, rivolgendomi ad Atena che era ancora in piedi.

«Ora riposa. Domani incontrerai la tua guardia e comincerai ad allenarti per il ballo.»

«Ballo?»

«Sì. La tua prossima prova consiste nell'ospitare un ballo in maschera. Questo concluderà il primo round.»

Sentii la bocca spalancarsi leggermente e mi costrinsi a chiuderla di nuovo. Cercai disperatamente qualcosa da dire, ma il mondo diventò improvvisamente bianco e io sparii dalla stanza.

«Vorrei tanto che smetteste di fare queste cose,» sbottai, mentre la luce bianca si allontanava dai miei occhi e riuscivo a vedere la camera da letto in cui mi ero già trovata tempo prima.

«Sì, è fastidioso, vero?» disse una voce ormai familiare.

«Ecate!» Mi voltai e la vidi con due enormi bicchieri in mano e un sorriso incredibile in volto.

«Te l'avevo detto che ci saresti riuscita!» esultò, porgendomi uno dei bicchieri. Lo presi e, a un suo cenno, ne trangugiammo il contenuto nello stesso momento. Se pensavo che qualsiasi cosa avessi bevuto prima della

Prova bruciasse, questa mi tranquillizzava. Sembrava miele.

«Dio, è buonissimo. Cos'è?»

«Dèi,» mi corresse Ecate. «È nettare.»

«Come nettare e ambrosia?»

«Sì, ma se bevi l'ambrosia in quel modo ti uccide. Almeno fino a quando non riprenderà a scorrerti l'icore nelle vene.»

«Icore,» ripetei, inclinando la testa di lato. «È il sangue degli dèi, giusto?»

«Sì. E ora tu sei piena di quella schifosa roba umana rossa,» disse lei, sedendosi sul letto. «Ben fatto. Non riesco a credere che tu abbia scelto i semi come gettone. Sei una fottuta pazza.»

«Ehm, grazie?» risposi, sedendomi accanto a lei. «Che c'è di male nei semi?»

«Beh, niente, ma tu stai rischiando la vita e l'incolumità fisica e decidi che i semi sono una degna ricompensa per questo? Non vali di più?»

«Io, ehm, non l'ho pensata così. Ho solo detto la prima cosa che mi veniva in mente. Cioè i semi.»

«Le altre concorrenti hanno scelto tutte pietre preziose, smeraldi, zaffiri e diamanti. Ma tu... i semi. Sei un enigma, Persy.» I suoi occhi luminosi si incastrarono nei miei, costringendomi a distogliere lo sguardo, a disagio, con una scrollata di spalle.

«Credo di aver scelto anche la piuma sbagliata,» dissi.

«Piuma? È così che ti hanno fatto scegliere la guardia?»

Così scoprii che solo la Prova era stata trasmessa attraverso gli strani piatti fiammanti, e che quindi Ecate non aveva visto la scelta della piuma. Per questo motivo le raccontai di quella di Dioniso, la stessa che mi aveva fatto ridere, e della stupida decisione d'impulso che avevo preso.

«Beh, avresti potuto scegliere di peggio. La guardia di Ade sarebbe stata molto severa, e quella di Poseidone ancora più noiosa. Quella di Atena sarebbe stata la migliore, ma quella di Dioniso potrebbe offrirti un servizio molto divertente. Speriamo solo che non sia uno di quei piccoli spiritelli randagi di cui è pieno il suo regno.»

«Spiritelli randagi?» chiesi, leggermente allarmata.

«Già. Ti hanno detto qualcosa sulla prossima Prova?»

«Sì. Organizzerò un ballo in maschera,» risposi, accigliata. Ecate sollevò di scatto le sopracciglia.

«Wow, davvero? L'hanno tirato fuori in anticipo,» mormorò pensierosa.

«Devo letteralmente organizzare una festa?» chiesi speranzosa. Mi guardò come se fossi una completa idiota.

«No, Persy. Devi organizzare un ballo per alcuni dei tizi più disgustosi e pericolosi dell'Olimpo. Cercheranno di rovinare la festa, per lo più cercando di scoparsi o uccidersi a vicenda. A volte entrambe le cose. E c'è sempre un colpo di scena a sorpresa, qualcosa di orrendo a cui bisogna porre rimedio.»

«Beh, sembra comunque più facile di uccidere uno scheletro.»

«Non lo è, fidati.»

«Oh.»

«Ci faremo aiutare da qualche specialista, stavolta. Domani manderò da te Edoné.»

«Edoné? Non è...?» Frugai nella memoria. «La dea del piacere?»

«Sì, e anche una straordinaria party planner. La adorerai.»

«Giusto,» dissi.

«Nel frattempo, riposa un po'.»

«Questa è la mia camera?» chiesi, guardandomi intorno.

«Ehm, sì.»

Feci una pausa prima di chiedere: «Era la mia camera anche prima?»

«No. Dormivi con Ade, scema.»

«Oh.» La mia espressione doveva aver fatto trasparire i miei sentimenti, perché Ecate mi guardò accigliata.

«Non ti piace questa stanza?»

Scossi la testa, sentendomi in colpa per essermi lamentata con lei, ma non vedevo il motivo di mentire.

«È solo che è spiacevole non avere una finestra,» dissi. Lei mi osservò per un attimo, poi si alzò.

«Vedrò cosa posso fare, domani.» Le rivolsi un sorriso pieno di gratitudine.

«Grazie.»

«Non c'è di che.»

«Davvero, grazie di tutto,» dissi ancora, cercando di trasmettere tutta la mia sincerità con quelle parole.

«Non c'è di che,» ripeté lei.

Appoggiai la testa sul cuscino e mi addormentai dopo pochi secondi, completamente sopraffatta dalla stanchezza. Mi aspettavo di sognare scheletri assassini o misteriosi e terrificanti divinità fatte di fumo, ma invece mi ritrovai in un giardino. Non si trattava di un comune giardino, però. Avendo passato la maggior parte della mia vita a sognare giardini, capii immediatamente che questo non era frutto della mia immaginazione. *Allora a chi apparteneva?*

Era stupendo, pensai mentre mi dirigevo verso un'enorme fontana. La parola non rendeva giustizia all'oggetto, però: era composta da una grande vasca rotonda, fatta dello stesso marmo bianco brillante della sala del trono, e al suo centro c'era una statua di un uomo in ginocchio che sosteneva un globo sulle spalle. Ricordai l'antico mito del titano Atlante che fu costretto da Zeus a sorreggere i cieli per punizione. Poteva essere quello che stavo guardando? Avvicinandomi, notai che il globo non rappresentava la mia terra, ma era composto da centinaia di anelli che si incastravano l'uno con l'altro per formare la sfera. Delle gemme scintillanti decoravano i punti in cui gli anelli si sovrapponevano, gli stessi da cui sgorgava l'acqua che brillava dello stesso colore delle gemme, la quale si raccoglieva nella vasca sottostante, limpida e scintillante. Mi persi nel suono dell'acqua che scorreva, nella sensazione della brezza fresca sul viso, nel profumo delle primule... Mi girai lentamente sul posto, osservando l'enorme varietà di fiori nelle aiuole che costeggiavano la circonferenza del giardino. Tutti quei fiori non potevano crescere nello stesso spazio: molti avevano bisogno di temperature e terreni completamente diversi da quelli in cui stavano sbocciando. Mi accigliai.

«Ho sentito che hai scelto i semi,» disse una voce maschile. Era la voce della Prova? Quella che mi aveva detto di alzarmi, quando ero rimasta congelata sul posto? Mi resi distrattamente conto che non ne avevo parlato con Ecate.

«Chi sei tu?» chiesi, sottovoce. Mi sembrava sbagliato parlare a voce alta in un luogo così tranquillo e sereno come quello.

«Sono tuo amico, Persefone. Mi ricordo bene di te.»

«Davvero?»

«Certo. La Regina degli Inferi non si dimentica facilmente.»

«Dove sei?»

«Intorno a te. Sono il giardino.»

Mi girai di nuovo sul posto.

«Sto sognando?»

«Certo che sì. Ma anche i sogni vengono controllati dagli dèi, Persefone. Ho sentito che hai scelto i semi.»

«Perché a tutti importa così tanto che abbia scelto dei semi?» dissi, e il fastidio interruppe l'intenso effetto rilassante che il giardino stava avendo su di me. Un'altra folata di vento mi scompigliò i capelli, portando con sé il profumo di lavanda. Inspirai profondamente. Volevo rimanere lì.

«Ammiro la tua scelta. Sai, i semi di melograno possono essere mangiati.»

Mi accigliai.

«Preferirei piantarli.»

«Fidati di me, mia Regina. Preferisci mangiarli.»

Mi svegliai di soprassalto, mettendomi a sedere di scatto nel buio. La delusione e un profondo senso di smarrimento mi travolsero quando mi guardai intorno nella camera da letto, in cui l'unica luce proveniva dalle stelle scintillanti sullo strano soffitto di roccia. Era abbastanza bella, ma ora desideravo l'aria fresca, il profumo dei fiori, il rumore dell'acqua corrente. Che sogno strano. Ero sicura di non aver creato io quel giardino, quindi doveva averlo fatto la persona a cui apparteneva la voce, chiunque fosse.

Mangiare i semi di melograno? Mi ero guadagnata quella ricompensa con fatica. Quindi non credevo proprio di aver intenzione di farlo. Scossi la testa per schiarirmi i pensieri, poi la appoggiai sul cuscino con un sospiro. Tutto in quel posto era strano. Prima avrei perso le prove, prima sarei tornata a New York.

UNDICI

Quando aprii gli occhi, il soffitto emanava la sua strana luce diurna e le stelle erano scomparse. Che ora era? Mi appuntai mentalmente di chiedere a Ecate come misurare il tempo mentre spostavo le gambe giù dal letto. Indossavo una canotta di seta e dei pantaloncini abbinati che avevo trovato nell'armadio e, per quanto fosse strano andare a letto con quelli che sembravano i vestiti di qualcun altro, era una bellissima sensazione sentire quella morbidezza sulla pelle. Mi sedetti alla toeletta e scrutai la mia immagine riflessa. Il trucco che Ecate mi aveva applicato il giorno prima era sparito, e i miei capelli, ora bianchi, pendevano sciolti dietro le spalle, con una sola ciocca riccia. Tuttavia, tra le ciocche luminose si potevano ancora intravedere le treccine. Li raccolsi in una coda di cavallo senza spazzolarli e usai una fascia sul comò per fissarli in uno chignon disordinato. I miei occhi sembravano ancora più verdi e gli zigomi più spigolosi. Era strano, e forse frutto della mia immaginazione per aver sconfitto uno scheletro demoniaco solo qualche ora prima, ma sembravo più aguerrita. Più competitiva. Ted

Hammond e tutti quei mocciosi a scuola sarebbero stati così crudeli se avessi avuto quest'aspetto, all'epoca?

Probabilmente.

Qualcuno bussò alla porta e mi girai al suono. Come facevano a sapere che ero sveglia? Scrutai la stanza con sospetto. *Cosa ti aspetti di trovare? Telecamere nascoste? In un mondo che usa piatti di ferro infuocati al posto dei televisori? Datti una calmata, Persy. Devi solo accettare la situazione. Sarai a casa in men che non si dica.*

«Sì?» urlai.

«Posso entrare?» chiese una voce femminile dall'altra parte della porta. Era una voce roca e sensuale, e mi ricordai immediatamente di indossare ancora il mio pigiama di seta.

«Ehm, sì,» dissi, alzandomi in piedi. La porta si aprì scricchiolando, facendo entrare una donna voluttuosa con in mano due tazze fumanti. Schiusi involontariamente le labbra quando si girò completamente verso di me e mi sorrise. Aveva folti capelli scuri che sembravano stupendi da toccare, profondi e vivaci occhi marroni che brillavano di divertimento e labbra che sembravano... beh, non avevano nulla a che vedere con tutte le labbra che avevo visto in vita mia. Non c'era aggettivo migliore di 'baciabili', per definirle.

«A quanto pare, agli umani piace bere il caffè al mattino,» disse, passandomi una tazza col sorriso in volto. «Io sono Edoné.»

«Ciao,» balbettai. «Sono Persefone.» Lei annuì e si sedette sul bordo del mio letto, stringendo la tazza tra le dita.

«Ecate sarà indaffarata per la maggior parte della giornata, per questo mi ha chiesto di iniziare a prepararti per il ballo in maschera.»

«Tu, ehm... aiuti tutte?»

Fece una risatina tintinnante.

«No. Ma penso che tu sia piuttosto speciale e devo un favore a Ecate.»

«Perché credi che sia speciale?» chiesi, prendendo un piccolo sorso di caffè. Aveva un sapore fantastico, di gran lunga migliore di qualsiasi cosa servissimo all'Easy Espresso.

«Per un paio di motivi. Ho un debole per gli umani e, inoltre, non partecipo alle Prove per conto mio da un po'.» Il suo sguardo si incupì e la voce si indurì un po'. «Le Prove dell'Immortalità. Sono state dure, e vorrei aiutare una diseredata,» disse, guardandomi.

«Una diseredata, eh?» sospirai, sedendomi come aveva fatto lei. Mi chiesi se Edoné fosse una dei pochi a sapere che, in teoria, ero già stata sposata con Ade. Non volevo dirglielo se non dovevo, anche se mi riusciva quasi impossibile non fidarmi di lei automaticamente. *Era quello il suo potere, però. La dea del piacere, ricordi?*

«Hai vinto le tue Prove?» le chiesi.

«Preferirei non parlarne,» si limitò a rispondere. «Ora, abbiamo molte cose da discutere. Ecate ha detto che avevi bisogno di aiuto per i vestiti e il trucco, poi dobbiamo approfondire il galateo olimpico, il fascino e la gentilezza, e dovremmo pianificare anche tutta la logistica del ballo. Dovremo esaminare la lista degli invitati e cercare di anticipare i problemi che potrebbero sorgere. Dovrai anche prendere lezioni di combattimento.»

«Per il ballo?»

«Certo.»

«Perché dovrei combattere a un ballo?»

«Questo non è un ballo qualunque, Persefone,» disse lei.

«Chiamami Persy,» le dissi automaticamente. Lei mi sorrise.

«Si tratta di un test per valutare se sei in grado di ricoprire la carica di Regina degli Inferi. Politica e combattimento vanno di pari passo. Devi dimostrare di essere in grado di reggere il confronto, di sostenere tuo marito e di rappresentare il tuo regno. Gli eventi sociali sono stati per secoli alla radice di ogni lotta tra gli dèi. Sono di massima importanza.»

«Oh,» dissi. Aveva un certo senso che una delle Prove fosse una festa, se l'avessimo messa in questi termini. «Non sembra affatto il mio genere di cose.»

«No? Non ti piacciono le feste?»

«E la politica. A me piacciono i giardini.»

Il suo bel viso si contrasse in un cipiglio.

«Allora sei nel posto sbagliato,» disse lei. «Non ci sono molti giardini, nel regno della Vergine.»

Mi si spezzò il cuore a quelle parole. Voglio dire, lo sospettavo già, ma fu comunque brutto sentirmelo dire.

«Ci sono piante da qualche parte?»

«A dire il vero, non passo molto tempo qui, a parte quello che trascorro con Morfeo, ma gli chiederò di venire a trovarti. Conosce questo posto come le sue tasche. Ora, ti insegneremo a fare qualcosa di meglio di...» fece una pausa e guardò i miei capelli con una smorfia imbarazzata, «beh, meglio di quello.»

«Mi mostreresti come fare quello che Ecate mi ha fatto agli occhi per renderli così verdi?» le chiesi, un po' troppo impaziente. Edoné mi rispose con la sua risatina tintinnante.

«Penso che potremmo renderti presto una vera festaiola,» osservò poi con un sorriso.

~

Passammo tre ore intere nella camera senza finestre a studiare come disegnare sottili linee nere intorno agli occhi, come far sembrare le labbra più carnose con piccoli pastelli e ad arricciare leggermente i miei capelli bianchi. A casa non mi sarei mai permessa di dedicare tanto tempo a queste cose. Voglio dire, non che lasciassi il mio appartamento come una discarica e non trovassi il tempo di mettere un po' di mascara o di rendere le mie guance meno pallide, ma non avevo mai dedicato così tanto tempo a imparare come farmi bella. Una volta avevo guardato un tutorial per imparare a farmi la treccia alla francese, ma avevo resistito solo dieci minuti prima di essere assalita dalla voglia di lanciare il portatile fuori dalla finestra, imprecando contro quelle acconciature improbabili. Ma Edoné, in qualche modo, me l'aveva reso davvero semplice.

«Ecco fatto,» mi disse, mentre fissavo alla testa l'ultimo pezzo di quella che ora sapevo si chiamasse 'treccia a corona'. Si trattava essenzialmente di una treccia che teneva i capelli lontani dal viso in modo più elegante e sicuro del mio schifoso chignon. Mi ricordava quella di Atena, e mi piaceva molto. «Te l'avevo detto che ci saresti riuscita.»

Le sorrisi, consapevole di sembrare una bambina che riceve un elogio, ma senza curarmene.

«Cosa facciamo adesso?»

«Pranzerai, ma non con me,» rispose, sistemandomi la treccia con cautela. «Ora devo andare.»

Venni attraversata da un brivido fastidioso all'idea di rimanere da sola.

«Va bene. Beh, grazie per il tuo aiuto.»

«Non dirlo neanche. Tornerò stasera per ripassare un po' di galateo al banchetto.»

«Significa che ci sarà un banchetto?» chiesi speranzosa.

«Sì. Quindi non esagerare col pranzo. Ci vediamo dopo,» disse lei, e uscì dalla mia stanza chiudendosi la porta alle spalle.

Almeno non se n'era andata in quel modo stupido, con quella luce abbagliante, pensai guardandomi allo specchio. Cosa avrei fatto, ora? Mi alzai e guardai l'armadio, decidendo che probabilmente avrei dovuto vestirmi.

Proprio mentre stavo scegliendo tra una tuta rossa con una scollatura bassa e l'abito verde che avevo indossato il giorno prima, una vocina eccitata risuonò alle mie spalle.

«Sicuramente quello rosso.» Mi voltai rapidamente, facendo quasi cadere entrambi gli abiti a terra per la sorpresa.

Sul pavimento della mia camera c'era uno gnomo, completamente nudo, che mi sorrideva.

«Chi diavolo sei tu?!»

«Skoptolis, al tuo servizio,» si inchinò, piegando a metà il suo corpo di un metro e mezzo.

«Al mio servizio?»

«Beh, tecnicamente sono qui come guardia. Non ho idea del perché, ma è meglio di quello che facevo prima.»

«Sei la mia guardia?» rimasi a bocca aperta di fronte allo gnomo nudo. Aveva scintillanti occhi d'ambra, folti capelli scuri scompigliati in cima alla testa con la barba in tinta e i piedi enormi. Feci del mio meglio per evitare di assicurarmi che altre estremità del suo corpo fossero altrettanto grandi, ma era piuttosto difficile non far cadere l'occhio.

«Certo che lo sono,» disse lui, dondolandosi sui talloni.

«Puoi mettere addosso qualcosa?»

«No.»

«Per favore?»

«Non posso. Non mi è permesso.»

«Non ti è permesso indossare vestiti? Perché?»

«Non lo so. È questo il problema?» Spinse i fianchi in avanti, sventolandomelo davanti agli occhi, e io trasalii mentre le mie guance si arrossavano.

«Sì!»

«Ah. Questo aiuta?» Con un piccolo schiocco, lo gnomo sparì, e al suo posto comparve un cane. Era un piccolo terrier, dello stesso colore dei capelli del piccolo essere, e i suoi occhi d'ambra brillavano ancora di esuberanza.

«Skop...» cercai di ricordare il suo nome.

'Skoptolis', disse una voce nella mia testa. Stavolta lasciai cadere i vestiti sul pavimento, sorpresa di poter sentire la sua voce nella mia testa. 'Pronto?' disse ancora la voce, inducendomi a fissare il cane che si dimenava sotto l'abito verde che gli avevo appena fatto cadere addosso. 'Va meglio?' scodinzolò.

«Sì,» dissi lentamente, con gli occhi fissi su di lui. «Ma,,,»

'Se vuoi che rimanga in forma animale, allora dovrò parlarti così.'

«È strano,» dissi accigliata. «Sei nella mia testa.»

'Allora tornerò nella mia forma normal–' cominciò, ma io agitai le mani.

«No! No, rimani così, per favore.» Preferivo una coda scodinzolante al pisellino ondeggiante di uno gnomo. «Cosa sei?» gli chiesi.

'*Un kobaloi*'.

«Sei un folletto impertinente, per caso?»

'*Ho i miei momenti,*' rispose, scodinzolando più velocemente mentre saltava sul letto accanto a me. Allungai automaticamente la mano per accarezzarlo, poi mi fermai. Sarebbe stato strano? Ricordai a me stessa che non era un vero cane, ma uno gnomo nudo e peloso. '*Se ti metti quell'abito rosso, scoprirai quanto posso essere impertinente*'. Ritirai immediatamente la mano.

«Allora scelgo quello verde,» mormorai, raccogliendo i vestiti dal pavimento dopo essermi alzata dal letto. Mi avviai verso la sala da bagno con il vestito verde, e sentii Skoptolis saltare sul pavimento dietro di me. «Ehm, dove stai andando?» dissi, voltandomi verso di lui.

'*Devo sorvegliarti.*'

«Nel mio bagno?»

'*Sì.*'

«Non se ne parla.» Il cane scodinzolò più velocemente intanto che lo guardavo negli occhi.

'*Ma tu hai visto ogni parte di me,*' protestò lui, la sua voce nella mia mente ancora leggera e ridente, come la sensazione che mi aveva dato quella dannata piuma, la stessa che avevo scelto.

«Non mi interessa: tu non vedrai le mie!» esclamai.

'*Per favore? Scommetto che sono davvero belle.*'

Alzai gli occhi al cielo.

«Non se ne parla neanche,» dissi severamente. «Ora aspetta qui, pervertito.»

'*Puoi chiamarmi Skop,*' disse lui, con la coda che ancora si agitava vivacemente.

«Come vuoi,» brontolai, e sbattei la porta alle mie spalle.

~

Pochi minuti dopo uscii dal bagno col vestito verde addosso e sobbalzai quando vidi Ecate seduta sul bordo del mio letto che guardava male Skop, tornato in forma di gnomo nudo.

«Dioniso è un idiota,» disse lei, guardandomi.

«Fammi indovinare,» sorrisi. «Non devo dirgli quello che hai detto.»

«Esattamente,» rispose lei, lanciando un'altra smorfia a Skop.

«Pensavo che fossimo d'accordo sulla forma pelosa,» dissi all'esserino.

«Se vuoi, posso renderlo peloso,» esordì raggiante lo gnomo, allungando una mano verso il basso.

«Mettilo via!» sbottò Ecate, e il kobaloi riempì la stanza della sua risatina contagiosa prima di tornare in forma di cane. «Cos'è saltato in mente a quell'idiota ubriaco quando ha pensato fosse una buona idea mandarti un kobaloi come guardia?» disse lei, scuotendo la testa.

'*Stava pensando che è molto più probabile tu abbia bisogno di un po' di divertimento anziché di una guardia,*' disse Skop nella mia testa, e non potei fare a meno di apprezzare un po' di più sia lui che Dioniso.

«Chi lo sa,» feci spallucce. «Non ho ancora capito perché ho bisogno di una guardia.»

«Neanch'io. Comunque sia, ho delle buone notizie.» Inarcai un sopracciglio mentre la dea batteva le mani, entusiasta. «Ho convinto Ade a darti una nuova stanza. Una nuova stanza in superficie.»

Un enorme senso di gratitudine mi colpì all'improvviso e, senza pensarci, strinsi le braccia intorno a Ecate, che emise un goffo squittio. «Tuttavia, c'è una fregatura.»

La lasciai andare e la osservai con gli occhi stretti a fessura. «Non è usanza che alla concorrenti vengano assegnate le stanze più belle degli Inferi. Per questo, dovrai guadagnartela. Pubblicamente. Per evitare domande imbarazzanti.»

«Giusto,» risposi lentamente.

«Ci sarà un'altra Prova, stasera. Se vincerai, potrai avere la nuova stanza.»

«Va bene. Sembra giusto,» dissi, attraversata da ansia e trepidazione.

«Inoltre, dovrai pranzare con Ade.» Pronunciò quelle parole così in fretta che quasi non le riuscii a capire.

«Cosa?» Mi si contorse lo stomaco intanto che la guardavo sbigottita. «Quando?»

«Adesso. Divertiti!» disse, e il mondo tornò a dipingersi di bianco.

DODICI

«Maledetta Ecate,» sibilai mentre guardavo la stanza in cui mi ero ritrovata, con il cuore che batteva all'impazzata intanto che cercavo di assimilare l'ambiente. Mi ricordava una chiesa, con quegli enormi soffitti a volta che si estendevano sopra di me, tutti di marmo bianco. Intricati motivi decoravano ogni centimetro di pietra con disegni di viti, piante e fiori, e farfalle che svolazzavano tra essi. Enormi drappi, alti almeno sei metri, fiancheggiavano i due lati più lunghi della stanza. Al centro della sala c'era un grande tavolo apparecchiato per due, accanto a una piattaforma circolare rialzata. Era vuota, eppure mi trasmetteva qualcosa di sbagliato. Di molto, molto sbagliato.

Mi avvicinai a essa, aggrottando la fronte, mentre una sensazione di vuoto, qualcosa di simile al dolore, mi attanagliava le viscere. Perché una piattaforma vuota mi faceva provare un tale senso di perdita? Rinunciando a cercare di elaborare quella inquietante sensazione, mi voltai verso il tavolo. Non c'era nessun aspetto notevole in esso, a parte il fatto che era un po' troppo grande per due persone e che era apparecchiato splendidamente. C'era, invece, qualcosa di interessante nelle due sedie che lo accompagnavano. Proprio come i grandi troni che avevo visto nella sala infuocata, queste erano decorate con teschi e rose. Ma, mentre i troni erano imponenti e minacciosi, queste sedute erano eleganti e splendide. E, aspetto ancora più interessante, i teschi e le rose a decorarle erano intagliati nel pregiato legno di mogano. Le viti delle rose si attorcigliavano perfettamente intorno ai teschi su entrambe le sedie, e c'era qualcosa di stranamente soddisfacente in quello schema. I due elementi si univano in maniera armoniosa, mostrando i teschi arrabbiati e le delicate rose come elementi affascinanti ma al contempo pericolosi. Non erano affatto come quegli inquietanti troni.

Quando allungai la mano per toccare il legno della sedia più vicina, una voce decisa parlò alle mie spalle.

«Come sei arrivata qui?»

Mi voltai di scatto, riflettendo su quelle parole finché non mi sentii attraversare da un violento brivido alla vista della forma fumosa di Ade.

«Mi ci ha mandata Ecate. Con quella specie di trucco con la luce bianca che vi piace tanto fare,» dissi troppo in fretta, cercando di ricacciare indietro la paura che sentivo montare. «Pensavo mi stessi aspettando.»

Si lasciò sfuggire un sospiro, con il fumo che si increspava intorno a lui.

«Quella donna deve imparare a intromettersi di meno.»

«Oh. Devo andarmene?» chiesi speranzosa. Il fumo si increspò di nuovo, dandomi la possibilità di cogliere un breve lampo degli occhi argentati.

«Non dovresti affatto essere qui.»

«Non l'ho chiesto io,» sbottai, incapace di trattenermi.

«Perché dovrei voler stare in un luogo senza esterno?» La sagoma di fumo si increspò di nuovo.

«Gli Inferi non sono posto per te.» La sua voce era fredda e dura.

«Allora rimandami a casa,» dissi, con i palmi improvvisamente sudati al pensiero che potesse davvero rispedirmi indietro. *Ti prego, ti prego, mandami a casa.*

«Non posso,» sibilò, e la temperatura salì improvvisamente. «Quel prepotente di mio fratello ha parlato.» Alla parola 'prepotente', la mia paura si attenuò un po', e inclinai la testa di lato. Ade si sentiva maltrattato? Non poteva essere. Come può un re sentirsi maltrattato?

«Perché non lo affronti?» chiesi, senza accorgermi delle parole sfacciate che stavo pronunciando se non quando l'avevo già fatto. La temperatura salì ancora, mentre la sua figura cominciava a fumare più di prima.

«Credi che non ci abbia mai provato?» disse a voce alta, e immagini di fiamme cominciarono a lambirmi i pensieri, mentre il sapore ferroso del sangue si insinuava sulla mia lingua.

«Ti prego, ti prego, no!» lo implorai, sentendo e odiando la paura che mi tingeva la voce e che non riuscivo a nascondere. «Non di nuovo.»

La paura diminuì immediatamente, e le immagini svanirono intanto che la stanza si raffreddava.

«Questo non è un posto per gli umani,» sbottò Ade. «È probabile che tu ti faccia ammazzare, se rimani qui.»

«Vuoi dire che probabilmente mi spaventerai a morte!» ribattei con la stessa veemenza e i nervi a fior di pelle. «Come diavolo faccio a pranzare con te se mi spaventi a morte ogni volta che ti chiedo qualcosa che non ti va a genio?»

Il fumo si increspò.

«Pranzo?»

«È quello che ha detto Ecate.» Cominciava a farmi male la testa. Avevo incontrato quell'uomo solo due volte e già odiavo essere nei suoi paraggi.

«Quella donna infernale,» mormorò Ade. Ci fu un lungo silenzio, poi fu lui a parlare di nuovo. «Hai fame?»

«No,» mentii. «Puoi anche mandarmi nella mia camera, se vuoi.» Fece una pausa prima di rispondermi.

«Mi è stato detto che non ti piace la tua nuova stanza.»

Nuova stanza? Mi tornarono in mente le parole di Ecate. *'Dividevi la stanza con Ade, scema.'* Come? Come avevo fatto a condividere la stanza con... quel tizio? Pur escludendo il fatto che era fatto di fumo, per quanto ne sapevo non aveva alcuna personalità, tanto meno senso dell'umorismo. Inoltre, era terrificante. Pregai che non menzionasse il fatto che una volta eravamo presumibilmente sposati.

«È molto bella, ma non ci sono finestre. Passo la maggior parte del mio tempo all'aperto, a casa,» dissi, il più educatamente possibile.

«Qui c'è l'esterno,» disse bruscamente, e notai che il sibilo che gli tingeva la voce si era attenuato.

«Davvero?» Sollevò una mano fumosa e le tende lungo ogni lato della stanza si ritirarono lentamente. Mi si bloccò il respiro quando la vidi. *La luce del sole.* Mi precipitai verso le finestre di vetro prima nascoste dietro il tessuto, poi indietreggiai leggermente. La terra all'esterno era completamente arida: secca e crepata, si estendeva per chilometri e, a parte qualche albero spoglio, non c'era nulla.

«Cos'è successo?» dissi in un respiro.

«Non crescerà mai nulla,» disse senza mezzi termini.

«Ma credo conti ancora come 'esterno'. Cos'è quello?» A quella domanda mi voltai verso di lui e osservai la traiettoria del suo braccio fumoso che indicava i miei piedi. Abbassai lo sguardo e sbattei le palpebre quando vidi Skop, immobile e con gli occhi rivolti verso di me.

«È la mia nuova guardia.»

«È un kobaloi. Perché dovresti aver bisogno di un kobaloi come guardia? Non fanno altro che scherzi e cercare di rovinare tutto,» disse. La coda di Skop si agitò e un sorriso mi balzò inavvertitamente sulle labbra.

«A quanto pare Dioniso ha pensato avessi bisogno di un po' di intrattenimento, anziché di una guardia,» risposi.

«Si sbagliava.» Feci un respiro profondo. Anche Ade pensava avessi bisogno di una guardia? La sua voce era diventata meno fredda e l'aggiunta della luce, seppur debole, nella stanza contribuiva ad alleviare il mio battito accelerato. Raccolsi il coraggio e decisi di cercare di ottenere qualsiasi informazione possibile dall'uomo che un tempo mi era piaciuto così tanto da sposarlo.

«Potresti dirmi perché ho bisogno di una guardia?»

«No.»

«Sono in pericolo oppure aveva ragione Poseidone quando ha detto che sono io a essere pericolosa?» insistetti.

«Nessuna delle due.»

Decisi di cambiare tattica. Ade non mi spaventava da ben tre minuti e, più parlavamo, più mi sentivo temeraria.

«Perché cambia la temperatura, quando sei arrabbiato? Perché a volte fa freddo e altre fa caldo?»

«Basta con le domande.»

«Invece no! Non so nulla di questo mondo, e sicuramente merito una risposta a qualche domanda innocua.»

«*Meriti* una risposta?» Il fumo si increspò di nuovo.

«Sì, la *merito*. Devo forse ricordarti che sono stata rapita e portata negli Inferi, e costretta a combattere demoni in cambio di una vita che non ricordo?»

La forma di fumo si contrasse per un attimo, diventando quasi solida ma non del tutto. Ci fu un lungo silenzio, durante il quale il cuore ricominciò a martellarmi nel petto. Avevo esagerato?

«Fa caldo solo quando il mio temperamento sfugge al mio stesso controllo,» disse improvvisamente Ade, e fui sicura che il suono sibilante fosse completamente scomparso dalla sua voce. «Se voglio spaventare di proposito, fa freddo.»

Spostai di scatto lo sguardo, posando gli occhi dove sapevo ci fossero i suoi. *Stava rispondendo alle mie domande.*

«Sei fatto di fumo di proposito?» chiesi rapidamente, come se avessi bisogno di porre tutte le mie domande prima che cambiasse idea.

«Sì.»

«Perché?»

«Non voglio che la gente sappia che aspetto ho.»

«Perché mai?»

«Sono il Signore dei Morti.»

«Non è una risposta,» dissi inclinando la testa di lato, accigliata.

«Sì che lo è.»

«Invece no. Stai cercando di essere più spaventoso?»

«No. Sto cercando di–» si interruppe bruscamente. «Non c'è bisogno che te lo dica,» aggiunse poi. Ora la sua voce suonava decisamente diversa, profonda e intensa, priva di quella punta di ghiaccio e del graffio che l'aveva caratterizzata fino a quel momento. Presi un lungo respiro e mi preparai a porgli la domanda che più volevo fargli, quasi sperando mi rispondesse di no.

«Posso vedere i tuoi occhi?»

«No,» disse, in modo quasi dolce stavolta.

«Per favore?» Mi avvicinai a lui, fissando il suo volto fumoso e privo di lineamenti.

«Perché vuoi vederli?» mi chiese.

«Perché... Quando li ho visti ieri, ho capito che non stavo sognando. Ho capito che era tutto vero,» dissi, sapendo che gli stavo rivelando troppo, ma senza riuscire a fermarmi. «Sono l'unica cosa che riconosco in questo mondo.»

La sagoma di Ade ebbe un sussulto e, improvvisamente, eccoli lì. Quei bellissimi e intensi occhi d'argento. Ma erano pieni di tristezza e di un dolore così evidente che mi mancò il respiro.

In meno di un secondo sparirono di nuovo e io espirai lentamente. Fui travolta dal desiderio di aiutarlo, di renderlo felice, di porre rimedio a qualsiasi cosa lo rendesse così intensamente triste. Cercai di trovare qualcosa da dire, ma fu Ade a parlare per primo.

«Devi andartene. Dirò a Ecate di non organizzare mai più qualcosa di così stupido,» disse, la voce di nuovo tinta da quel sibilo. Un brivido freddo mi percorse, e non capivo se fosse frutto del suo potere o delle mie stesse emozioni.

«Ma–» feci per ribattere ma lui mi interruppe, con una voce che mi fece pensare ai serpenti quando, invece, non volevo. Invece, volevo aggrapparmi a quell'emozione, a quella sensazione di intensità che mi aveva dato poco prima. *Volevo aiutarlo.* «Non parlarmi più. Non resterai qui ancora per molto.»

La rabbia fece breccia nella mia confusione, mentre i miei sentimenti si spegnevano all'istante. Un attimo prima mi faceva provare tutte quelle emozioni travolgenti, e l'attimo dopo si comportava da stronzo?

«Spero sia così,» sbottai.

«Perdi le Prove, e potrai lasciare il mio regno,» disse, con un tono duro, arrogante e freddo. Qualcosa di lacerante e disperato mi rodeva lo stomaco, ma i miei sentimenti contrastanti si stavano trasformando in rabbia.

«Con piacere,» sputai, fulminandolo con lo sguardo.

TREDICI

'*Beh, è stato scortese,*' disse Skop mentre mi lanciavo sul letto.

«Vorrei che la smettessero di puntarmi quella luce bianca in faccia per teletrasportarmi da un cazzo di posto all'altro,» sbottai arrabbiata. «Perché non possono usare le porte e le scale come le persone normali, maledizione?»

'*Mi piace quando imprechi,*' disse Skop saltando accanto a me. '*Le donne esuberanti sono il mio tipo*'.

«Non adesso, Skop. Non sono dell'umore, davvero. Pensavo fossi qui per tirarmi su di morale.»

'*Infatti. Vuoi che caghi in una delle sue scarpe?*'

Mi sfuggì dalle labbra una sorta di risata.

«Molto volentieri, ma non sono nemmeno sicura che quel tizio porti delle scarpe. Voglio dire, è fatto di fumo.»

'*Nah, sotto ha dei vestiti.*' Inarcai un sopracciglio voltandomi verso il cane.

«Puoi vedere attraverso il fumo?»

«Sì.»

«Che aspetto ha?» Mi odiavo per averlo chiesto, ma ero incredibilmente curiosa.

'*Mi piacciono soprattutto le donne, ma lui è piuttosto appetitoso*'.

«Giusto,» dissi, alzando gli occhi al cielo.

'*Lo vedrai presto,*' disse Skop, trotterellando in un piccolo cerchio sulle coperte per poi sistemarsi sul materasso.

«Ne dubito. Mi ha appena detto di non parlargli mai più.»

'*Che nella lingua di un uomo-dio arrabbiato significa: mi piacerebbe molto fare sesso con te.*'

«Non essere ridicolo,» dissi, ma un brivido di qualcosa mi agitò il cuore alle sue parole. *Fumo. È fatto di fumo, ti riempie la testa di persone morte e ha appena dimostrato di essere un vero stronzo. Non farti strani pensieri.*

Ade era decisamente un cattivo ragazzo, almeno per il momento.

Passai la mezz'ora successiva a cercare di imparare a parlare con Skop tramite il pensiero, come lui faceva con me. Dovevo proiettare verso di lui ciò che pensavo, il che era più difficile di quanto sembrasse. Dopo un po', però, cominciai a prenderci la mano.

'Riuscirò a parlare con chiunque in questo modo?' gli chiesi mentalmente.

'*No, solo con gli spiriti, con gli oggetti magici con cui hai un legame o con gli esseri potenti.*'

'Ed Ecate?'

'*Non lo so, dovrai chiederlo a lei.*'

Come se l'avesse detto al momento giusto, qualcuno bussò alla porta e questa si aprì prima che potessi rispondere.

«Parli del diavolo,» mormorai, mentre Ecate entrava nella stanza con un grande vassoio carico di sandwich tra le braccia.

«Mi dispiace davvero tantissimo,» disse, poi si acciglò. «Il diavolo? Non è così che chiamate Ade nel tuo mondo?»

Deglutii.

«Sì. E tu mi hai mandata a pranzo con lui senza nemmeno dirglielo!»

«Lo so, lo so, pensavo fosse una buona idea farvi chiacchierare del più e del meno!»

«Beh, non lo è stata.»

«Raccontami. Mi hanno appena fatto il culo. Sono sorpresa di non essere stata declassata,» disse lei, tirando un sospiro e posando il vassoio. «A proposito, sei davvero sexy. Adoro i tuoi capelli acconciati in questo modo.»

Una volta perdonata Ecate per i suoi tentativi malriusciti di riconciliazione coniugale, mi cambiai in abiti di pelle e mi condusse nel luogo in cui avrei imparato a combattere. Per fortuna, per la raggiungere la sala di addestramento usammo scale e porte, mentre il labirinto di tunnel illuminati da torce blu mi fece perdere in pochi minuti.

'Riesci a ricordare come tornare indietro semmai dovessi perdermi?' chiesi mentalmente a Skop, che trotterellava al mio fianco.

'Ovvio che sì,' mi rispose allegramente.

La sala d'addestramento non era altro che una grande caverna, con lo stesso soffitto illuminato a giorno della mia stanza e un'atmosfera decisamente greca. Le colonne fiancheggiavano le pareti e lo spazio dietro di esse era pieno di casse aperte. Ecate si diresse subito verso una di esse e cominciò a rovistare all'interno.

«Hai portato il pugnale che ti ho dato?»

«Certo,» risposi, estraendolo dal piccolo fodero attaccato alla mia cintura. Gli abiti da combattimento erano pieni di cinghie e sacchetti e passanti per fissare le armi.

«Bene. Mettilo lì e non avvicinarti a me con quello in mano.»

«Va bene,» dissi, posando il pugnale sul pavimento. Skop lo annusò per poi allontanarsi velocemente.

«Ecco,» disse Ecate, raddrizzandosi e porgendomi un pugnale di dimensioni simili. Andai da lei, lo presi e sbirciai nelle altre casse. Erano piene di armi. «Il pavimento assorbirà gli urti quando ci atterrerai sopra, così non ti farai male,» mi spiegò.

«Quando ci atterro sopra?»

«Sì,» rispose lei, poi all'improvviso calciò nella mia direzione. Riuscì a colpirmi entrambe le caviglie nello stesso momento, facendomi urlare mentre cadevo a terra con il pugnale che mi sfuggiva di mano. Aveva ragione riguardo al pavimento: non appena atterrai si trasformò in qualcosa di spugnoso, ma mi fece comunque male il sedere a causa dell'urto. «Lezione numero uno: quando sei in questa stanza o in qualsiasi altro luogo di combattimento, devi essere sempre vigile.» La fulminai con lo sguardo.

«Pensi che avresti potuto dirmelo prima di entrare qui?»

Mi rivolse un ghigno.

«Lezione numero due: niente è giusto.»

'*Lezione numero tre: la tua insegnante è una stronza,*' disse Skop nella mia testa, costringendomi a sopprimere un sorriso.

Ecate passò l'ora successiva a insegnarmi come usare il pugnale nel combattimento ravvicinato. Si trattava per lo più di nascondere le proprie intenzioni o di trovare dei varchi per far passare l'oggetto, e in poco tempo mi sentii frustrata e stanca.

«Devo tornare a correre,» ansimai mentre Ecate sfuggiva facilmente alla mia presa per la quinta volta.

«Correre? Essere veloce di darà solo un certo vantaggio. Dobbiamo aumentare la tua resistenza, insegnarti a sopportare qualche colpo,» disse, danzando sui piedi con i pugni sollevati.

«Sono l'unica umana alle Prove?» le chiesi, più che altro per allungare la pausa e recuperare un po' di energia.

«Sì.»

«E l'attuale favorita cos'è?»

«Una ninfa dei monti. Ha poteri terrestri.»

«Uh. Quindi vivere sottoterra non dovrebbe essere un problema per lei.» Pensai a quello che avevo scoperto sui miei presunti poteri nella sala del trono. «E il mio potere era quello di far crescere le piante?»

«Più o meno, sì.»

«Più o meno?»

«Smettila di fare domande, Persy,» mi disse, danzandomi intorno. Sollevai rapidamente le braccia in posizione di difesa, scagliando il pugnale contro di lei.

Sembrava che la mia breve pausa fosse finita.

Alla fine, Ecate annunciò che avevamo fatto abbastanza e che avrei dovuto risparmiare le mie energie per la Prova di quella sera. Non sapevo a quale energia si riferisse: ero distrutta. Tuttavia, una volta tornate nella mia stanza,

Ecate fece apparire un po' del vino che mi aveva offerto al mio arrivo.

«Questo ti rivitalizzerà,» disse sorridendo, versando un bicchiere ciascuno. «Manca un'ora alla Prova.»

Bevvi un po' di vino e mi sentii subito più viva, più all'erta. Strano. Nel mio mondo, il vino li offuscava, i sensi.

Dopo un po', cominciammo a parlare di cosa mi aspettava nella prossima Prova. Ecate riteneva improbabile si trattasse di un altro combattimento, troppo presto dopo l'ultima prova, e non era nemmeno probabile fosse incentrata sull'ospitalità, perché per quella c'era il ballo in maschera.

«Quindi si tratterà di intelligenza o di lealtà,» ipotizzò lei. «O di gloria, in un modo diverso dal combattimento.»

«Come fanno a testare la lealtà?» chiesi. Lei mi guardò di traverso, con un'espressione di disagio sul volto.

«A essere sincera, Persy, quella è la prova peggiore, di solito. Sarà qualcosa che non ti aspetti, e non sempre ti diranno che il mondo intero ti sta guardando.»

«Quindi cercheranno di ingannarmi?»

«Sì.»

«E non saprò nemmeno che si tratterà di una Prova?»

«Non necessariamente. Se non ci fosse alcuna possibilità di battere Minte, potrebbero lasciarti andare a cuor leggero.»

«È Zeus a progettare tutte le Prove?» chiesi, bevendo un altro sorso di vino fortificante.

«No, sono coinvolti tutti gli Olimpici.»

«Vanno d'accordo tra loro?»

Ecate soppresse una risata. «Assolutamente no.»

«Cosa ha fatto Ade per far arrabbiare Zeus?» Posi la

domanda con disinvoltura, anche se fremevo dalla voglia di conoscere la risposta.

«Ha infranto una delle pochissime regole sacre. Ha creato nuova vita nell'Olimpo.»

«Vita? Ma lui si occupa solo di morti.» Guardai Ecate con la fronte aggrottata, e lei scosse la testa.

«Ade non è come gli altri Olimpici, Persy. C'è molto di più in lui di quello che la gente vede.»

Pensai a quegli occhi d'argento, così pieni di emozioni. Ma poi il fuoco, il sapore del sangue e l'odore di bruciato mi riempirono la testa e sospirai.

«La gente vede solo il fumo,» dissi.

«Non è sempre stato così,» rispose lei a bassa voce. Mi si strinse lo stomaco.

«Cos'è successo?» chiesi, ma dentro di me già conoscevo la risposta.

«Tu.»

QUATTORDICI

Sembrò passare solo un attimo prima di ritrovarmi di nuovo di fronte agli dèi allineati sui loro troni, con fiamme grandi come palazzi che danzavano ai lati della fluttuante sala del trono. I miei occhi si fissarono sulla sagoma fumosa di Ade, incorniciata dagli inquietanti teschi che decoravano lo schienale del suo enorme seggio. I palmi delle mie mani presero a sudare.

«Buonasera, Olimpo!» risuonò all'improvviso la voce del commentatore, e mi voltai per vederlo in piedi dietro di me.

'*Dèi, quanto è irritante,*' disse la voce di Skop nella mia testa, costringendomi ad abbassare lo sguardo su di lui, seduto ai miei piedi.

'Sono d'accordo,' gli dissi mentalmente.

«Oggi assisteremo a una Prova non prevista! Poiché la nostra piccola Persefone è umana, e in quanto tale è l'unica senza poteri, le sarà concessa una ricompensa aggiuntiva, se riuscirà in questa Prova.»

Immaginai una stanza con le finestra, e l'idea di non

dover stare sottoterra mi diede più coraggio. *Anche se avrei avuto una vista su una landa desolata.*

'Non è sempre stato così.' Mi tornarono in mente le parole di Ecate. Si era rifiutata di dire altro, e la mia frustrazione per le informazioni sul mio passato che si era lasciata sfuggire stava diventando sempre più difficile da sopprimere. Quella landa desolata all'esterno era anche colpa mia? Cosa avevo fatto?

«La Prova sarà incentrata sulla gloria,» disse il commentatore, e il mio battito accelerò. *Ti prego, niente combattimenti né demoni*, pregai. «Oggi vedremo Persefone affrontare alcune delle sue paure,» annunciò, facendo agitare il mio stomaco. Le mie paure? Come potevano sapere quali fossero le mie paure? Se ci fosse stato di mezzo un solo fottuto ragno, avrei dovuto dire addio alla stanza con le finestre, o almeno così pensai mentre l'ansia mi accaldava. «La prova, tuttavia, non avrà luogo nella sala del trono, quindi andiamo tutti alla voragine!»

«Cosa?» cominciai a dire, ma quella maledetta luce bianca mi accecò di nuovo e tutto sparì.

Quando riuscii a vederci di nuovo, giuro che il mio cuore smise di battere per un attimo. Mi trovavo sull'orlo di un precipizio. Barcollai all'indietro, con il cuore in gola, mentre le ginocchia cominciavano a tremare. Istintivamente, mi accovacciai per abbassare il baricentro ed evitare di cadere se le gambe avessero ceduto. Mi girò la testa e le vertigini presero a minacciare i miei sensi funzionanti, intanto che la nausea aumentava via via che fissavo il bordo della voragine. Chiunque mi avesse parlato durante l'ultima prova aveva capito fossi troppo spaventata per muovermi, quando ero stata scaraventata sul bordo del buco nella fossa da combattimento. Sapeva che ero terrorizzata dalle altezze. Era opera sua?

Fatti forza. Fatti forza. Non sei affatto vicina al bordo. Non sai ancora cosa devi fare. Mi costrinsi a guardarmi intorno, prendendo respiri profondi. Sarei stata meglio una volta che l'adrenalina fosse entrata in circolo e mi avesse fatto superare la paura iniziale.

Ero all'esterno. Ero all'esterno per davvero, dopo giorni passati a desiderarlo. Sopra di me non c'era altro che un cielo beige opaco e il bordo del precipizio su cui ero accovacciata, un baratro scavato nel terreno secco e polveroso. Di fronte a me c'era un'altra scogliera, che formava l'altro lato di quello che supponevo fosse la 'voragine' di cui aveva parlato il commentatore. Tutti gli dèi erano lì, sui loro troni, con i volti troppo distanti perché potessi distinguerne le espressioni. Presi altri respiri profondi, cercando di sentire una qualche brezza o di trarre conforto dal fatto che non ero più sottoterra, ma ogni tentativo fu vano. Non c'era un alito di vento, la temperatura non era né fredda né calda, non c'erano profumi che mi riempissero le narici. Non sembrava l'esterno a cui ero abituata.

«Ecate? Skop?» li chiamai, speranzosa.

'*Sono dall'altra parte,*' disse Skop nella mia testa, e fui sorpresa da quanto conforto trassi dal sentire la sua voce.

'Ho paura delle altezze,' dissi troppo in fretta, come se esprimere la mia paura potesse espellerla. Non fu così, per mia sfortuna.

Ci fu una lunga pausa.
'*Merda,*' disse lui alla fine.

«Eccoci qui alla voragine! Come tutti sapete dalle precedenti prove delle concorrenti, questa è una parte particolarmente brutta del mondo degli inferi,» disse la voce del commentatore. «Cadete laggiù e cadrete per sempre.» La bile mi salì in gola. *Cadere per sempre?* Essere bruciati dalle fiamme magiche era una cosa, ma cadere per sempre? Mi venne la pelle d'oca. Sinceramente non riuscivo a pensare a molte cose più terrificanti. «Tutto ciò che deve fare Persefone per completare la Prova è arrivare dall'altra parte. Buona fortuna!»

«Cosa?» esclamai ad alta voce. Come cazzo avrei fatto ad arrivare dall'altra parte? Non c'erano ponti e la voragine era larga almeno venti metri, quindi saltare non figurava tra le alternative. Non sarei stata in grado di saltare anche solo un metro, figuriamoci un vuoto infinito. «Come?» urlai. Fissai gli dèi, piccoli in lontananza. Nulla. Mi girai sul posto, rimanendo accovacciata per non far tremare le gambe. I tre giudici erano a pochi metri dietro di me, seduti sulle loro grandi poltrone nel bel mezzo di una terra vuota e screpolata. «Oh!» dissi sorpresa. Nessuno di loro rispose, ma i loro sguardi rimasero fissi su di me. Non riuscivo a vedere nient'altro, così mi voltai di nuovo verso la voragine. Forse c'era un ponte, più in basso. Ma, per scoprirlo, avrei dovuto avvicinarmi al bordo.

Mi sedetti, con le viscere tremanti. Per anni interi non ero stata in grado di salire nemmeno su una scala. Non importava quanto fossi risoluta o razionale nei miei pensieri, il mio corpo tradiva la mia mente ogni volta che mi trovavo in una posizione potenzialmente precaria. Mi tremavano gambe e mani, il respiro diventava troppo corto e la vista cominciava a offuscarsi per via delle vertigini.

Sai cosa sta per succedere, mi dissi. *Quindi puoi affrontarlo. Puoi farcela.*

Mi spostai in avanti sul sedere, avvicinandomi al bordo. Ero solo a un metro di distanza, quindi non dovevo spostarmi molto prima che i piedi raggiungessero il precipizio. Tirai su le ginocchia e avanzai ancora di più, costringendomi a prendere respiri lenti e profondi. Ora potevo vedere chiaramente il baratro, e guardai da sinistra a destra nel tentativo di individuare un ponte. Non c'era nulla.

'*È invisibile*,' disse la voce di Skop nella mia testa.

'Cosa?'

'*Sei un po' svantaggiata, perché non vieni dall'Olimpo e non hai alcun potere, quindi mi sembra giusto dirtelo. Il ponte è invisibile.*'

'Allora come cazzo faccio ad attraversarlo?' sibilai mentalmente.

'*Devi percepirlo. Poi sperare di camminare dritto. O attraversalo col sedere, anche questo potrebbe funzionare.*'

'Percepirlo? Sei pazzo, dannazione?' Se il mio cuore avesse battuto più velocemente, avrei sicuramente vomitato. Oppure mi sarebbe venuto un infarto e sarei caduta a terra già stecchita. Anche se avrei preferito questo, anziché attraversare un ponte invisibile su un vuoto infinito. 'Non posso assolutamente farlo.'

'*Provaci.*'

Sentii la voce, e mi si bloccò il respiro. *Non era quella di Skop.* Era la stessa che avevo sentito durante la Prova precedente.

«Chi sei tu?» urlai. Non avevo modo di rispondere mentalmente, perché non potevo proiettare i pensieri su una persona totalmente sconosciuta.

'Allunga la mano in avanti e cerca a tastoni il ponte.'

«No! Hai detto tu che ho paura delle altezze?» mi tremava la voce.

'È un piede alla tua sinistra,' continuò la voce, ignorandomi.

Tutto il mio corpo era ormai ricoperto di sudore, la schiena viscida sotto il corsetto di pelle. Scostai un piede alla mia sinistra, con le mani umide che tremavo mentre le appoggiavo a terra e mi sollevavo di lato. La polvere mi si appiccicò sui palmi mentre li tiravo indietro sulle ginocchia.

«Bene. Ora, allunga la mano in avanti.'

Chiusi gli occhi, ma questo non servì a diminuire il panico crescente. *Dai, dai, dai. Non ti lasceranno morire così presto, hai appena cominciato. Fatti forza.* Mi mossi un po' all'indietro, poi mi girai sulla pancia, desiderando di sentire qualcosa che mi distraesse e non fosse il cuore che mi martellava contro le costole.

«Questo posto fa schifo,» sibilai ad alta voce, mentre mi aggrappavo al bordo del baratro con le mani sudate. La mia testa era troppo indietro per vedere oltre l'orlo, e mi andava benissimo così. «E scommetto che sembro un'idiota.» Mi balenarono in mente i ricordi delle altre volte in cui ero finita a terra sulla faccia, ogni volta perché qualche idiota mi aveva fatto inciampare o mi aveva spinto per far ridere gli altri. Il pensiero mi provocò un'ondata di determinazione che mi spinse a muovere con cautela i polpastrelli lungo il bordo. Poi, la mia mano destra colpì qualcosa di duro. Lentamente, cominciai a tastare il terreno, avvicinandomi ma mantenendomi comunque a un braccio di distanza dal precipizio. Skop aveva ragione, c'era un ponte. Era freddo e liscio al tatto, come plastica o metallo, e sarei riuscita ad afferrare ogni estremità con le mani. Non poteva essere più largo di un metro e mezzo. Molto, molto lentamente, mi sollevai sui gomiti e sulle ginocchia, continuando a tenere i bordi del ponte per non perderlo, con gli occhi chiusi. I muscoli delle cosce vibravano, e un'altra ondata di vertigini mi investì mentre inspiravo profondamente. *Ti sei fatta prendere dai nervi,* mi rimproverai. *Vai avanti e basta. Tieniti ai bordi del ponte, non cadrai. Attraversalo strisciando. L'Olimpo ti sta osservando.*

Mossi un ginocchio in avanti, con lo stomaco che mi si rivoltava. Il mio istinto di sopravvivenza mi implorava di aprire gli occhi, ma il buon senso e la paura tenevano le palpebre serrate, Era un ponte *invisibile.* Non volevo assolutamente guardare giù. Feci scivolare una mano tremante lungo il bordo del ponte, con la mia pelle che sfregava contro il materiale di cui era fatto. Mi spinsi delicatamente in avanti, testando la sua resistenza sotto il mio peso. Sembrava solido. Emisi un lungo respiro, poi ripetei il movimento con l'altro lato. Un ginocchio in avanti, una mano in avanti. Ancora. E ancora. *Potevo farcela.*

E probabilmente ci sarei riuscita, se i miei occhi traditori non si fossero aperta.

Punti neri invasero immediatamente la mia vista mentre l'immagine davanti a me oscillava e si deformava. Il gelo della paura mi strinse i muscoli quando fissai il nulla nero sotto di me, i lati dell'abisso roccioso che si estendeva all'infinito in profondità. Una nuova nausea mi invase le viscere, impedendomi di ragionare. *Scendi dal ponte, scendi dal ponte, scendi dal ponte.* Quelle parole mi risuonavano in testa in continuazione, soffocando qualsiasi altra cosa. Sentii la gamba destra avere uno spasmo e poi un sussulto, e il terrore puro mi assalì quando l'anca destra cedette. Non avevo idea di quanto avessi attraversato, il panico cieco cancellava i fatti mentre il mio corpo cominciava a spegnersi. Il dolore mi attraversò la testa mentre mi accasciavo sul ponte e battevo il mento contro il materiale duro. Il sapore del sangue lo percepii a malapena, ma gettai le braccia intorno al ponte, serrando di nuovo gli occhi che si riempivano di lacrime impaurite.

'*Persefone! Torna da dove sei venuta, non sei lontana!*' La voce allarmata di Skop mi risuonò in testa, spostando la mia concentrazione sulle sue parole. *Non sei lontana.* Costrinsi le mie gambe tremanti e intorpidite a sollevarsi, senza curarmi minimamente di come dovevo apparire così posizionata su un ponte invisibile, col culo all'aria. 'Così, stai andando benissimo.' Cominciai a indietreggiare, un centimetro alla volta, con le mani che mi tremavano così tanto da riuscire a malapena a usarle. '*Ci sei quasi, le tue gambe sono scese dal ponte,*' disse Skop, con la voce sforzata ma chiara.

Quando le mie mani toccarono una barriera solida, capii di avere raggiunto il precipizio. Con lentezza certosina, staccai le dita della mano sinistra dal ponte, poi feci lo stesso con le altre. Le lacrime mi rigavano le guance mentre trattenevo il respiro, mi mettevo dritta e aprivo gli occhi. *Ero scesa dal ponte...* Barcollai all'indietro, lontano dal bordo, e guardai gli dèi con la vista annebbiata dalle lacrime. Nessuno di loro si mosse.

«Non posso farlo!» urlai, con l'intero corpo che tremava. Mi sentivo male. *Il mio stupido corpo e il mio stupido cervello del cazzo non me lo permettono.* Mi sfuggì un singhiozzo e imprecai ferocemente. Non volevo sembrare debole. Non volevo diventare un bersaglio. Dovevo essere la sfavorita che avrebbe tenuto testa a tutti.

Ma guardatemi, a tremare e singhiozzare come una ragazzina, troppo spaventata per attraversare un dannato ponte.

E tutto l'Olimpo mi aveva vista fallire.

QUINDICI

'*Questa stanza non è poi così male,*' disse Skop saltando sul letto accanto a me. Mi tirai le coperte sopra la testa.

«Non si tratta di questa cazzo di stanza,» sbottai. E onestamente, sapendo che la vista fuori dalla finestra – quella che non ero riuscita a conquistarmi – sarebbe stata quella terribile terra desolata, dicevo sul serio. «È che ho fatto la figura dell'idiota di fronte al mondo intero.»

'*Forse oggi non c'era nessuno a guardare,*' disse il kobaloi.

«Sì, come no.» Zeus, Atena, Ade, tutti gli dèi mi stavano guardando. Mi avevano vista andare in pezzi, fallire in modo eclatante una prova di gloria. Avevano visto i giudici assegnarmi zero gettoni, prima che mi riportassero nella mia camera da letto, tremante e piangente. Sfregai il viso contro il cuscino e urlai imprecazioni con la testa nella federa. Ero infuriata con me stessa. Mi sentivo tradita dal mio corpo, impotente. Ed era proprio quella sensazione di impotenza, la mancanza di qualcun altro a cui dare la colpa, i ricordi degli anni passati a sentirmi troppo debole per ottenere qualcosa che mi stavano sopraffacendo. Sentivo la rabbia che cominciava a crescermi nel profondo dello stomaco e l'assenza di una valvola di sfogo su cui scaricarla. Non potevo nascondermi in questo letto per sempre. Ma come diavolo avrei potuto farmi vedere di nuovo?

Conoscevo poco questo mondo e non avevo idea di quante persone avessero assistito al mio crollo. Ma anche una sola persona che l'aveva visto era già troppo. Le mie paure erano state esposte e io ero un fallimento.

'Hai sempre avuto paura delle altezze?' chiese Skop, con la voce più gentile del solito.

«Sì.»

'Hai altre paure?'

«Nessuna così debilitante,» sputai acida. La vergogna mi bruciava dentro, alimentata dalla rabbia. Volevo fuggire dal mio corpo, essere qualcun altro. Chiunque altro.

«Bene. Non possono usare lo stesso test due volte. Quindi il peggio è passato.'

Sbirciai oltre l'orlo del piumone e lo guardai.

«Davvero? Non dovrò farlo mai più?»

'No.'

«Grazie al cielo.» Un piccolo brivido di sollievo, o speranza, fece breccia nella vergogna. Ma dovevo comunque uscire di nuovo da quella stanza. Dovevo ancora farmi vedere, dopo quella scenata a dir poco patetica.

Bussarono forte alla mia porta e io mi ritirai di nuovo sotto il piumone.

«Andate via!» urlai.

«Sai, nascondersi sotto le coperte non aiuta molto la tua immagine,» disse Ecate, e sentii la porta chiudersi dietro di lei. Venni percorsa nuovamente dalla vergogna.

«Cosa dovrei fare? Fingere che non sia mai successo?»

«Sì. È esattamente quello che devi fare. Scrollarti la cosa di dosso come se non te ne fregasse niente.»

«Come?» Tirai giù le coperte e la guardai. Non c'era pietà sul suo bel viso, ora che era seduta sul mio letto, con le mani sui fianchi rivestiti di pelle.

«Tutti hanno delle debolezze. Lo scopo di queste Prove è metterle a nudo. Sei fortunata. La tua è stata scoperta presto. Devi affrontare il mondo e comportarti come se fosse del tutto normale non essere in grado di attraversare un ponte invisibile su un abisso infinito, e far credere a tutti che supererai tutte le altre prove.»

La fissai, ascoltando le sue parole. Parte di me sapeva che aveva ragione. Le persone non erano supereroi, e nessuno era impavido. *Ma tutti gli altri hanno dei poteri. Tu sei la perdente, la debole*, mi fece notare l'altra parte del cervello, una parte di merda.

«Ho ricordato a tutti che sono umana, inferiore,» dissi a bassa voce.

«Non voglio sembrare una stronza, ma lo sapevano già. Non avevano bisogno di ricordarlo. Nessuno si aspetta tu vinca.»

«Allora perché diavolo sono qui?» esplosi. «Solo per essere presa in giro?»

Ecate gettò le braccia in aria, lanciandomi uno sguardo esasperato.

«Sì! Lo sai! Zeus ti ha portata qui solo per far arrabbiare Ade! Non aveva nulla a che fare con te personalmente!»

Emisi un lamento di frustrazione.

«Nulla a che fare con me *personalmente*?! Stronzate! È del tutto ingiusto e ne ho abbastanza!» Calciai ferocemente le coperte e saltai in piedi. «Dov'è Zeus?»

Un'espressione sorpresa attraversò il volto di Ecate, poi un sorriso cominciò a incurvarle le labbra.

«Persy, sono felice di vederti arrabbiata anziché crogiolarti nella vergogna, ma non credo che litigare col Signore degli Dèi, l'essere più potente dell'Olimpo, sia una buona idea.»

«Può farmi del male solo una volta finite le Prove. Voglio parlare con lui.» Ora la furia mi aveva avvolta completamente, e le fiamme mi bruciavano lo stomaco.

«No,» disse lei senza mezzi termini. Ringhiai e la dea sollevò le sopracciglia in risposta. «Puoi combattere con me, piuttosto. Nella sala di allenamento.»

La fulminai con lo sguardo, ma più ci pensavo più volevo allenarmi con lei. Volevo tirare calci e pugni, urlare e gridare.

«Ottimo. Che razza di sadico idiota progetta un ponte invisibile?» sibilai alla fine.

'Esattamente quello che ho pensato io,' concordò Skop nella mia testa.

Più colpi sferravo a Ecate e più sentivo la pelle livida e i muscoli doloranti, meno mi sentivo inutile. Ero fatta di carne e sangue, e sbattere i pugni contro le pedane della sala me lo ricordava. Vedere il materiale ammaccarsi quando tiravo un calcio al centro, i bastoni di legno tendersi quando li sbattevo contro l'arma di Ecate, quei dettagli erano la prova del mio impatto.

«Questo è molto, molto meglio di stamattina,» ansimò Ecate. «E ora sto morendo di fame. È davvero tardi.»

Mangiammo insieme nella mia stanza. Non parlammo molto, intente com'eravamo a divorare un pasto a base di pollo arrosto e carote.

«Qualcuna delle altre concorrenti ha fallito nelle Prove?» chiesi mandando giù l'ultimo boccone.

«Sì, moltissime. Di solito ci sono nove prove, e Minte ha ottenuto solo cinque gettoni per essere al primo posto.»

«Di solito sono nove, le prove?» chiesi. Il sollievo di non essere stata la prima a fallire si mescolò alla curiosità. «C'è la possibilità che io ne faccia meno di nove?»

«Uhm, sì. Un paio di ragazze ne hanno fatte di meno,» disse evasivamente.

'C'è solo un modo per fare una cosa simile,' disse Skop. Gli lanciai un pezzo di pollo e lui balzò in piedi, scodinzolando.

«Skop, non dirglielo!» disse Ecate.

«Giuro su Dio che se sento ancora una volta le parole 'non dirglielo'–» iniziai, ma Ecate mi interruppe.

«Dèi!» disse lei ad alta voce, sospirando. «Continuerà a correggerti finché non lo dirai bene. È Dèi, non Dio.»

«Come vuoi! Perché quelle ragazze hanno fatto meno prove?»

Ecate abbassò gli occhi sul piatto vuoto.

«Sono morte.»

Sbattei le palpebre.

«Morte? Durante... le Prove?»

«Sì.» Posai il piatto accanto a me ed Ecate si alzò, afferrandolo rapidamente. «Bene, allora è meglio che vada a letto. Domani tornerà Edoné per aiutarti con i preparativi del ballo.»

«Lasciano morire la gente?» chiesi, fissandola.

«Non gli è permesso intervenire, Persy.»

Aprii la bocca per ribattere che qualcuno continuava a parlarmi durante le Prove, ma la richiusi. Fino a quel momento sembrava che il proprietario della voce stesse cercando di aiutarmi e, se questo era contro le regole, avrei dovuto probabilmente tacere.

«Sapevo fosse pericoloso ma...»

«Continua ad allenarti come hai appena fatto, fai quello che ti dice Edoné e andrà tutto bene.»

La mia parte razionale mi parlava dalla sua area nel cervello. *Tanto niente di tutto questo è reale, chi se ne frega se muori in questo luogo immaginario?*

Tuttavia, non credevo più a quella vocina. Non potevo, per quanto lo volessi. Sapevo che non era altro che l'ultimo tentativo della mia mente razionale di spiegare le folli circostanze in cui mi ero ritrovata.

Ma, per quanto folli fossero, in cuor mio sapevo che era tutto reale.

Non credevo di essermi addormentata da molto quando entrai di nuovo nel bellissimo ed etereo giardino. Lo scrosciare dolce dell'acqua fu interrotto dal cinguettio degli uccelli e io alzai lo sguardo, scrutando gli alberi.

«Non li vedrai. Ci sono molte cose che non vedrai finché non accetterai completamente questo mondo.»

La voce era profonda e calma, proprio come la volta precedente.

«Sei tu che continui a parlarmi durante le Prove?» chiesi, avvicinandomi alla fontana di Atlante.

«Posso parlarti solo nel sonno, cara ragazza,» rispose lui. Mi fermai, accovacciandomi accanto a un gruppetto di fiori per passare delicatamente i polpastrelli sui petali. Un brivido di soddisfazione mi attraversò. Questo posto era perfetto. «Hai paura delle altezze?»

La domanda contaminò la serenità in cui mi stavo crogiolando, e mi accigliai.

«Un fatto di cui tu e il resto dell'Olimpo siete ormai consapevoli,» dissi. «Chi sei tu?»

«Non importa chi sono io, Persefone, ma chi sei *tu*.»

Emisi un sospiro, poi mi alzai e mi spostai verso la sezione di aiuole successiva inspirando.

«Non ho idea di chi sono. Nessuno vuole dirmelo.»

«Non è vero. Sai che una volta eri sposata con Ade.»

«Mi è molto difficile da credere. Se hai creato tu questo incredibile giardino, allora devi sapere che non potrei vivere sottoterra. Né potrei amare un uomo il cui mondo è fatto di morte.» Fui percorsa da un leggero brivido mentre parlavo.

«No. I tuoi poteri non si prestano alla morte,» convenne la voce.

«Esatto. Tutto ciò che voglio fare è piantare cose, dar loro vita e guardarle e curarle intanto che crescono,» dissi felice, tracciando con la punta delle dita i petali di un alto girasole. «È l'opposto della morte.»

«Infatti.

E comunque, non ho alcun potere,» dissi.

«Persefone, tu puoi fare tutto ciò che vuoi. Non hai idea del tuo potenziale.»

Alzai gli occhi al cielo. Per tutta la vita, i miei genitori avevano blaterato sul mio fantomatico 'potenziale'. Non era altro che una parola buttata a caso da madre e padri per giustificare il fallimento dei figli. Venni percorsa nuovamente dalla vergogna. *Sei un fallimento e lo sanno tutti.*

«Perché ti importa di me?» chiesi.

«Hai subito un torto, piccola dea.»

«Dea?»

«Mangia il seme di melograno, Persefone. Vedrai.»

Il giardino intorno a me svanì e i miei occhi si aprirono di scatto. Erano decisamente sogni poco ordinari, come pensai sbattendo le palpebre verso il soffitto di roccia ricoperto di stelle. Era stato davvero bello, pensai distrattamente, cercando di rivivere la conversazione che avevo avuto poco prima di addormentarmi.

Era Ade? Non pensavo proprio. La voce non assomigliava affatto alla sua e non riuscivo a immaginarlo mentre creava un giardino come quello. *Zeus?* Zeus mi odiava, ed ero sicura che non sarebbe stato così gentile. *Allora chi?*

La mattina dopo mi svegliai presto e feci un lungo bagno. I muscoli mi dolevano, e l'acqua calda alleviava il fastidio. Dopo aver frugato nel mio enorme guardaroba ed essere riuscita a scegliere qualcosa da indossare e a vestirmi senza che Skop potesse sbirciare, mi sedetti alla toeletta per provare una delle acconciature che mi aveva insegnato Edoné. Volevo stupirla al suo arrivo.

«Cosa pensi che succederebbe se mangiassi il seme di melograno che ho vinto?» chiesi a Skop.

'Perché dovresti darti tanto da fare per vincere un seme solo per mangiarlo?' chiese, con la voce incredula.

«Rispondi alla domanda.»

'Non lo so, ma dubito che ti spunterebbe un albero dal culo,' disse. Scossi la testa, alzando gli occhi al cielo ma senza riuscire a nascondere il mio sorriso.

«Grazie, sei davvero d'aiuto,» dissi sarcastica.

'Forse se ne vincessi un altro potresti scoprirlo, ma al momento ne hai solo uno.' Aveva ragione, pensai. *'Come ti è venuto in mente di mangiarlo?'*

«Li mangiamo, nel mio mondo,» risposi sulla difensiva.

'*Mangiate semi? Gli umani del mondo mortale sono strani.*' osservò.

«Come mai gli dèi restano nell'Olimpo e non fanno nulla nel mio mondo?» gli chiesi.

'*Non lo so. Per lo più ignoro gli dèi e mi concentro sulle mie cose.*'

«Ovvero?» gli chiesi, sollevando le sopracciglia mentre giocherellavo con una ciocca di capelli bianchi.

'*Scopare, innanzitutto,*' disse lui, con la coda che si agitava e gli occhi brillanti.

«Avrei dovuto immaginarlo,» osservai, alzando gli occhi al cielo. «In questa forma, sei troppo carino per essere così disgustoso.»

'*Non c'è niente di disgustoso nel sesso. Se la pensi così, allora lo hai fatto nel modo sbagliato, finora.*'

«Che schifo,» dissi, voltandomi dall'altra parte. In verità, però, non so se sarei riuscita ad arrivare a metà di quel maledetto ponte senza quel piccolo kobaloi impertinente. Mi stavo affezionando, ma solo un po'.

Edoné arrivo poco dopo e, con mia grande gioia, fu molto colpita dagli sforzi che avevo fatto con la mia acconciatura e col trucco. Mi portò in una grande sala da pranzo, in stile davvero greco, con colonne scanalate ovunque e alti soffitti splendenti. Al centro della stanza c'era un lungo tavolo apparecchiato per venti persone, al quale ci sedemmo mentre mi spiegava l'ordine di utilizzo corretto di coltelli, forchette, cucchiai e ciotoline. Cercai di parlarle del film Pretty Woman, ma lei si limitò a rivolgermi un sorriso educato. Trascorsi l'ora successiva a cercare di seppellire una crescente nostalgia e di concentrarmi su ciò che mi stava insegnando. Alla fine, annunciò che era ora di pranzo e che sarebbe tornata di lì a poco.

«E porterò Morfeo con me. Dice di conoscere un posto che pensa possa piacerti.»

«Oh, grazie,» le dissi. «Immagino che non mi scaricheranno di nuovo a un ignaro Ade, per pranzo,» scherzai impacciata.

«Ehm, no, ma la tua presenza è stata richiesta da qualcun altro.» Mi rivolse un sorriso inquieto.

«Da chi?»

«Zeus.»

SEDICI

Distesi e riaccavallai le gambe sotto il tavolo, guardandomi intorno in quella ridicola opulenza per quella che doveva essere la centesima volta. Nel momento in cui Edoné aveva smesso di parlare, la luce bianca e brillante mi aveva accecata, facendomi ritrovare in questa grande sala da pranzo. Solo che la parola 'sala' non la descriveva sufficientemente bene. Non c'erano mura né soffitto, e splendide nuvole dai colori pastello mi aleggiavano sopra la testa e tutt'intorno. Una brezza leggera e gradevole mi scompigliava delicatamente i capelli, e chiusi gli occhi. Che sensazione incredibile. Ero all'esterno. Proprio all'esterno, dove l'aria si muoveva e il cielo si estendeva all'infinito.

Il pavimento era fatto dello stesso marmo bianco che avevo visto spesso, così come le colonne che circondavano lo spazio circolare ma, intorno a esse, si snodavano viti dorate decorate da fiorellini bianchi. Mi ero avvicinata il più possibile al bordo della piattaforma, ma a quanto pare non avevo ancora superato il mio ultimo incidente con le altezze e le vertigini mi avevano assalita prima che potessi vedere qualcosa. Così mi sedetti di nuovo al tavolo. Era stato versato del caffè fumante per due, perciò presi la tazza davanti a me e l'annusai. Aveva un profumo divino, e sorseggiai il liquido scuro prima di riuscire a fermarmi. Mi sfuggì dalle labbra un piccolo gemito felice.

«Voi umani e il vostro caffè,» disse una voce, e Zeus apparve sulla sedia di fronte a me. Si era presentato nella forma del surfista biondo. La furia mi assalì all'istante.

«Ciao,» dissi freddamente. «Volevo parlare con te, quindi sono felice che tu mi abbia invitata a pranzo.» Mi sorrise e il mio cuore perse un battito. Non potevo fingere che non fosse oscenamente bello. *Ti ha rapita. È uno stronzo.*

«Così ho sentito dire. Peccato per la Prova di ieri. Ho saputo che ti sei lasciata scappare una stanza con vista, vero?» Non dissi nulla in risposta, ma mi limitai a sorseggiare altro caffè per lasciar ribollire la mia rabbia. «Cosa ne pensi della vista qui?» Abbassai lo sguardo sul tavolo mentre la vergogna faceva breccia attraverso la mia rabbia. Mi arrabbiai immediatamente con me stessa per avergli rivelato le mie emozioni. «Ah, ma è ovvio,» disse Zeus con dolcezza. «Non puoi avvicinarti abbastanza al bordo per vedere.»

«Come se non lo sapessi già,» sputai acida. «L'hai fatto apposta, solo per prenderti gioco di me.» Lo fulminai con lo sguardo, proiettando tutto il livore che avevo dentro.

«Io e te siamo partiti col piede sbagliato, Persefone,» osservò lui dolcemente.

«Il piede sbagliato? Spiegami come saremmo potuti partire col piede giusto. Mi hai rapita!»

«In quel momento pensavo fossi solo un'inutile

umana mortale. Ora capisco che forse hai perso i tuoi poteri, ma di certo non lo spirito.»

Lo fissai confusa.

«Lo dici solo *dopo* che non sono riuscita ad attraversare la voragine?» Mi sarei aspettata che questo rafforzasse soltanto la cattiva opinione che aveva di me.

«Eri chiaramente terrorizzata, eppure ci hai provato lo stesso. E ti ammiro per questo.» Aggrottai la fronte, insospettita. «Lascia che ti mostri il panorama, Persefone. Potrebbe essere l'unica volta che ti allontani un po' dal regno della Vergine e credo che apprezzerai... l'ampiezza del mio regno.»

«Il tuo regno? Dove ci troviamo?»

«Leone. Regno celeste di Zeus, centro dell'Olimpo,» mi spiegò sorridendo. Quell'uomo emanava così tanto potere che la mia rabbia si stava dissolvendo. Sapevo, vagamente, che era opera sua, ma faticavo a preoccuparmi. «Siamo nei miei alloggi personali, in cima al monte Olimpo. I cittadini del mio regno vivono in case che fluttuano nell'anello di nuvole intorno alla montagna, oppure più in basso. E si spostano su navi di legno con vele alimentate dalla luce.» Lo fissai. «Ora dimmi, sei sicura di volerlo vedere?» La sua voce era calda e seducente, e non potevo negare che ciò che aveva descritto sembrava incredibile.

«Va bene,» dissi, alzandomi in piedi. Anche Zeus si alzò, poi allungò la mano verso il bordo della stanza. Dal nulla apparve del vetro che avvolse l'intero perimetro della piattaforma di marmo, allungandosi poi verso l'alto.

«Non puoi cadere, te lo giuro,» mi disse, avvicinandosi al vetro. Lo seguii con cautela. Le vertigini non si presentarono nonostante mi avvicinassi al bordo, e mi chiesi se ciò fosse dovuto a Zeus o alla consapevolezza dell'impossibilità di cadere. In ogni caso, mi avvicinai al bordo abbastanza da vedere oltre.

E Zeus aveva ragione: il panorama era spettacolare. Se avessi ancora avuto qualche dubbio che fosse stato tutto inventato dalla mia immaginazione, l'avrei dissipato all'istante: non sarei mai stata capace di immaginare quello che avevo davanti.

Al di là della stanza circolare c'era una spessa fascia di nuvole scure e agguerrite, che crepitavano di elettricità viola, ma al loro centro c'erano enormi palazzi. Molti avevano pareti interamente in vetro, forse per poter sfruttare al meglio la vista della montagna su cui mi trovavo, e tutte possedevano elaborati cortili pieni di verde. Nello spazio che intercorreva tra noi e le nuvole c'erano quattro o cinque delle navi che mi aveva descritto Zeus, e anch'esse erano mozzafiato. Ricordavano le navi pirata dei film del mio mondo, con forme e dimensioni leggermente diverse, ma tutte avevano vele metalliche tese che scintillavano e brillavano come oro liquido. Non riuscivo a smettere di fissare quella più vicina a noi, con i colori delle nuvole pastello che si riflettevano sulla superficie increspata.

«Sono bellissime,» dissi espirando.

«Lo so. E sono un modo funzionale per spostarsi tra i regni. Mia figlia Atena è molto brava a creare cose sia utili che belle.»

«Le ha create Atena?»

«Sì. Insieme al tuo mondo mortale.»

Feci scattare lo sguardo sui suoi occhi.

«Atena ha creato gli umani?» Zeus scoppiò in una risata.

«No, no, no. Quelli li abbiamo creati io e il mio vecchio amico Prometeo. Atena ha creato il mondo mortale, dove si trova la tua preziosa New York. L'ultima volta che gli Olimpici hanno combattuto, mi ha convinto che non sarebbe stato giusto far pagare agli umani il prezzo dei nostri disaccordi, così le ho permesso di creare il vostro mondo per sistemarne la maggior parte. Sai, come esperimento.»

«Un esperimento?»

«Sì. Gli umani, però, sono più intraprendenti di quanto pensassi. Gli ultimi sono riusciti a superare il confine col nostro mondo. Atena si è arrabbiata molto quando ho demolito tutto ed è stata costretta a ricominciare da capo.»

Spalancai la bocca.

«Cosa–» iniziai, ma lui fece un cenno di disapprovazione agitando il braccio.

«Ho fame,» disse.

Con i pensieri ancora sconvolti da ciò che aveva detto, lo seguii verso il tavolo, incapace di dire anche solo una parola. *Aveva buttato tutto all'aria e ricominciato da capo?*

«Percepisco che non hai un'opinione particolarmente positiva degli umani,» dissi sedendomi.

«Hanno la loro utilità. E abbiamo molti semidei umani, qui nell'Olimpo. Anzi, li ammettiamo persino nelle accademie per insegnargli a usare i loro poteri.»

«Quindi gli umani possono vivere sull'Olimpo?»

«No, a meno che non siano nati qui. E molti lo sono.» Fece una smorfia e schioccò le dita. Sul tavolo apparve all'istante una pletora di frutti, tutti disposti su piatti e vassoi d'argento.

Quindi, se dovessi vincere queste Prove, non potrei comunque vivere qui?»

«Se dovessi vincere, saresti reintegrata come–» esitò, alzando lo sguardo verso di me mentre si sporgeva per raggiungere un piatto d'anguria.

«Una dea?» chiesi, pensando a ciò che la voce in giardino mi aveva detto la sera prima.

«Te l'ha detto Ecate?»

Non dissi nulla, invece il dio scrollò le spalle. *Quindi era vero. Una volta ero una dea.* Un brivido mi attraversò e feci del mio meglio per mantenere in volto un'espressione impassibile.

«Non importa se lo sai. Il punto è che ho cambiato il mio modo di pensare.»

Inarcai un sopracciglio verso di lui, poi presi una ciotola d'uva.

«Il potente Zeus ammette di essersi sbagliato?» dissi con cautela.

Lui rise, e fu un suono felice che mi fece sentire al sicuro.

«No. Ma tutti gli esseri, grandi e piccoli, sono inclini a cambiare idea.»

«Ergo?»

«Ergo, voglio che tu vinca.»

«Senti, sono davvero confusa,» dissi, con il cervello che mi scoppiava di domande. «Mi hai portata qui per far arrabbiare Ade, giusto? Perché lui non mi vuole qui. Quando mi hai rapita,» mi soffermai a fissarlo, «cosa speravi di ottenere?»

«Onestamente, non ci ho pensato bene,» scrollò le spalle, e il luccichio malizioso tornò a illuminargli gli occhi. «Non mi aspettavo nemmeno di trovarti.»

Sospirai e mi sfregai la fronte.

«Dov'è Skop?» chiesi, rendendomi improvvisamente conto che della mia guardia kobaloi non c'era traccia.

«Oh, ho pensato di non farlo intromettere nel nostro pranzo.» Il sospetto mi bruciava dentro.

«Non ha molto senso che mi sia stata assegnata una guardia, se puoi licenziarla,» dissi.

«Sono il Signore degli Dèi. I cagnolini di Dioniso fanno quello che dico io.»

Il suo volto era una maschera di arroganza e fastidio, anche quando cominciò a mangiare la frutta che aveva sistemato nel suo piatto. Mentre mangiavamo, mi misi a riflettere sul suo silenzio. Finora mi aveva fornito risposte più esaurienti di quanto mi aspettassi. Dovevo ottenere più informazioni possibili, da lui. Anche se mi riusciva difficile trattenere la rabbia, la mia sfiducia nei suoi confronti non era andata da nessuna parte. Evidentemente ai suoi poteri era sfuggita quell'emozione.

«Quindi, se vinco, riavrò i miei poteri?» Fece cenno di sì con la testa. «Sembra che Poseidone non fosse un mio fan. Si opporrà a questa scelta?» Zeus mi offrì un *pfff* in risposta.

«Poseidone è un vecchio prudente che si dà troppe preoccupazioni. E le azioni illegali di Ade hanno causato problemi anche a lui. Ignoralo.»

«Perché pensa che sia pericolosa?»

Zeus mi guardò, e la frutta sparì improvvisamente per essere sostituita, con velocità fulminea, da montagne di pasticcini dal profumo divino. Il dio allungò una mano verso qualcosa ricoperto di cioccolato.

«Sai che non risponderò a questa domanda,» mi sorrise. Presi una ciambella ricoperta di zucchero a velo e la addentai. Il sapore era ancora più buono del profumo. «Mi piace guardarti mangiare,» disse Zeus, e i miei occhi si posarono sui suoi. Sprigionava energia, un'energia contagiosa che si infiltrò nel mio corpo; la vita e la ferocia presero forma dentro di me come le scintille viola nei suoi occhi. «Mi piace vedere una bella donna come te che si diverte a usare i suoi sensi.» La sua voce era bassa e roca, e il calore mi inondò le parti basse.

Ti ha rapita! È un dio! Non stai provando davvero queste cose! La voce nella mia testa mi urlava contro, e mi costrinsi ad ascoltarla.

«C'è un modo per riavere i miei poteri?» sbottai.

«No,» si limitò a dire.

«Per favore? Avrei più possibilità di vincere.» Mentre pronunciavo quelle parole, mi chiesi perché li desiderassi così tanto. Non volevo vincere, volevo tornare a casa.

«No.» Mi lasciai sfuggire un piccolo ringhio di frustrazione che fece incurvare le labbra di Zeus in un sorriso. «Sei molto, molto bella,» disse.

«Potresti dirmi almeno quali erano?» scattai, facendo del mio meglio per ignorare i suoi commenti e l'aumento della mia temperatura corporea.

«No. Sono propenso a lasciar crescere la tua frustrazione ancora per un po'. Penso che guardarti–» fece una pausa, fissando gli occhi sui miei, «esplodere,» disse lentamente, e ogni muscolo del mio corpo si contrasse, «sarebbe davvero molto piacevole.»

«Rimandami indietro,» dissi in un solo fiato. «Voglio tornare immediatamente nella mia stanza.»

Si appoggiò allo schienale della sedia con un sorriso pigro sul bel volto.

«Va bene. Ti ringrazio per avermi fatto dono della tua compagnia, oggi. Ci vediamo presto,» disse, e la luce bianca mi accecò.

DICIASSETTE

Per molto tempo, dopo essere tornata al sicuro nella mia stanza, non potei fare a meno di sentirmi come se avessi appena perso una specie di gioco. Mi rendeva furiosa il fatto che potesse manipolare il mio corpo in quel modo. Grazie al cielo il mio cervello era più difficile da controllare.

'Sai, *lui pensa di essere il pezzo grosso, ma non lo è. Ecco perché è così incazzato, adesso,*' sbottò Skop. Il kobaloi non era affatto contento di essere stato lasciato indietro. Mi sorprendeva che prendesse così seriamente il suo compito di guardia, a dire il vero.

«Che intendi?» chiesi al kobaloi.

'*Oceano è tornato. Il che significa che Zeus non è più l'essere più potente dell'Olimpo,*' rispose in modo malizioso.

«Oceano è più potente di Zeus? E cosa intendi con 'è tornato'? Dove era andato?»

'*Dèi, non ne hai proprio idea,*' sospirò lui, e si mise sulle zampe anteriori. '*Gli Olimpici erano entrati in guerra con i Titani,*' disse, e io annuii.

«Ricordo di averlo appreso. A Crono fu detto che il suo stesso figlio lo avrebbe spodestato, così li mangiò tutti.»

'Giusto. Che tipo strano, cazzo. Ma sua moglie, Rea, nascose il settimo figlio: Zeus. Lui crebbe, salvò i fratelli che erano stati mangiati e poi scoppiò la guerra.' Aprii la bocca per chiedere come si potesse salvare qualcuno che era stato mangiato, ma la richiusi subito. Non ero sicura di voler sapere la risposta. 'Gli Olimpici vinsero e gettarono la maggior parte dei Titani nel Tartaro, una fossa di infinita tortura. Tuttavia, alcuni Titani non combatterono, tra cui Oceano e Prometeo. Due degli esseri più potenti che siano mai esistiti. I Titani sono gli dèi originari, sono incredibilmente forti.'

«Oh,» dissi.

'I Titani che non combatterono ricevettero il permesso di vivere nell'Olimpo, purché si tenessero in disparte. Cosa che fecero, ma tutti sapevano che Zeus li temeva e li odiava. Cominciarono a vedersi sempre meno, finché alla fine non scomparirono. Ma adesso Oceano è tornato.'

«Perché è tornato?»

'Ho sentito dire che qualche suo discendente è andato a svegliarlo. Ma in passato era un buon amico di Ade, e hanno ripreso il loro rapporto piuttosto rapidamente.'

«Quindi è per questo che Zeus è così arrabbiato? Ha paura?»

'Non glielo direi in faccia, ma sì, è quello che penso.'

«Come fai a sapere tutte queste cose?» gli chiesi.

'Feste. Tutto quello che c'è da sapere si impara alle feste. È lì che si svolge tutta la politica dell'Olimpo.' Pensai al ballo, che doveva essere la Prova più difficile.

«È quello che mi ha detto Edoné.»

'*Ha ragione. Ed è anche molto sexy,*' disse Skop. Alzai gli occhi al cielo, nonostante fossi d'accordo con lui.

«Il ballo in maschera non può essere brutto come la voragine,» asserii a voce alta.

'*Io non ne sarei così sicuro,*' rispose Skop.

~

Poco tempo dopo bussarono di nuovo alla mia porta, e saltai in piedi per aprirla. Ero annoiata nonostante l'energia ansiosa che stava sorgendo dentro di me. L'aria fresca del regno di Zeus era servita soltanto a ricordarmi che ero intrappolata qui sottoterra e la cosa mi infastidiva sempre di più.

«Buon pomeriggio, Persefone,» disse Edoné, ma il mio sguardo fu subito catturato dall'uomo che torreggiava su di lei alle sue spalle. Doveva essere alto almeno due metri e, proprio come me, aveva una folta chioma bianca. Ma aveva anche sopracciglia bianche, occhi azzurri scintillanti e la pelle di un azzurro molto pallido. Mentre lo fissavo, sembrava che della polvere scintillante gli turbinasse sul viso, e mi rivolse un ampio sorriso che fece illuminare ancora di più i suoi incredibili occhi.

«Lieto di conoscerti, Persefone. Sono Morfeo, dio dei sogni e residente permanente del mondo sotterraneo,» disse, cingendo le spalle di Edoné con il braccio.

«Salve,» risposi, stringendo la mano libera che mi aveva teso. La sua pelle era liscia e fredda come il ghiaccio, e notai che indossava qualcosa di simile a una veste da mago, con una manica aperta che ricadeva all'indietro, mostrando tatuaggi blu intenso che serpeggiavano lungo il braccio muscoloso mentre mi stringeva la mano.

«L'adorabile Edoné mi ha detto che ti manca il tuo giardino.»

Nella mia mente suonò un campanello d'allarme. Quest'uomo era il dio dei sogni e sapeva che mi mancava il giardino. La voce che sognavo apparteneva a lui, forse?

«Sì,» risposi.

«Beh, non ho chiesto il permesso al capo, ma penso di conoscere un posto che potrebbe piacerti,» disse con un altro ampio sorriso. La sua voce non suonava affatto come quella nei miei sogni.

«Grazie,» gli dissi... «Possiamo andarci camminando anziché usare quella luce bianca?»

Lui rise, e la sua pelle sembrò illuminarsi di altra luce blu.

«Certo.»

Camminammo per un bel po' e controllai che Skop stesse di nuovo prestando attenzione al percorso. Il pensiero di perdermi in questo labirinto sotterraneo era più di quanto potessi sopportare. Edoné camminava con la mano in quella di Morfeo e notai che si scambiavano spesso occhiate felici.

«Voi due state insieme?» azzardai imbarazzata.

«Sì,» mi disse Edoné sorridendo. Ci pensai su per un attimo. La dea del piacere e il dio dei sogni. Beh, ero sicura che il sesso fosse davvero epico.

«Allora, Morfeo, tu controlli i sogni di tutti?»

«Oh, no. No, creo dei temi per i sogni delle persone, poi li assegno secondo le necessità.»

«Temi?»

«Sì. Come la paura o l'auto-riflessione, il senso di colpa o il divertimento. Ogni individuo interpreta questi temi in modo diverso, nel sonno. Il subconscio è qualcosa di davvero potente, e detta la maggior parte del mio lavoro.»

«Puoi... puoi parlare alle persone, nei loro sogni?»

«Oh, sì. Ma mi è permesso farlo solo su ordine di Ade.»

«Oh. Anche Ade può farlo?»

«Tutti gli Olimpici possono. Possono fare praticamente tutto quello che vogliono,» disse sollevando un sopracciglio. «Stai ricevendo visite in sogno?»

«No, sono sicura che quello sia solo frutto di un'immaginazione iperattiva,» mi affrettai a rispondere, e le labbra di Morfeo si incurvarono in un sorriso.

«Beh, qualunque cosa sia, non ha niente a che fare con me, posso assicurartelo,» disse.

«Uh. Ci sarai anche tu al ballo?»

«Certo che sì. Sei pronta per la serata? Ho sentito dire che i test saranno davvero interessanti,» disse lui.

«Cosa hai sentito?» chiese Edoné, entusiasta. «Devi assolutamente dircelo!»

«Sarebbe un imbroglio! Potrei perdere il lavoro,» scherzò, poi si sporse in avanti e la baciò rapidamente. «Scusa, amore mio.» Provai una punta di gelosia davanti al loro simpatico flirtare e la repressi, sentendomi in colpa. Edoné mi era simpatica. Perché avrei dovuto contestarle qualcosa?

«Persefone deve fare ancora un po' di pratica, ma si tratta solo di qualche aneddoto sul galateo della conversazione,» spiegò Edoné. «Farà un figurone.»

Le sorrisi calorosamente.

«Sarò sincera, non vedo come possa essere peggiore della voragine,» dissi a bassa voce. Né Edoné né Morfeo risposero.

'Te l'avevo detto,' disse Skop nella mia testa.

. . .

Percorremmo in silenzio la strada restante. Il sentiero era in pendenza, con piccole serie di gradini che interrompevano a intervalli regolari i corridoi illuminati dalle torce blu. Dovevamo aver superato un centinaio di porte quando ci fermammo davanti a una in particolare.

«Questa stanza non viene più utilizzata, per quanto ne so,» disse Morfeo. Ma Ade la usava spesso. Comunque, c'è una sorta di magia infusa al suo interno e alcune piante sono sopravvissute senza alcuna cura.»

«Piante?» Il mio cuore mancò un battito. C'erano davvero delle piante, in quel posto?

«Alcune, sì. Lo chiamiamo giardino d'inverno.» Tirò la maniglia della porta e me la tenne aperta, facendomi cenno di entrare nella stanza. Attraversai la soglia con esitazione.

Qualcosa dentro di me si accese quando gettai lo sguardo sulla stanza abbandonata. Aveva l'aspetto che mi sarei aspettata da una serra trascurata da cinquant'anni. Le pareti e il soffitto a cupola erano di vetro, presumibilmente per far filtrare la luce opaca, e bellissime barre di ferro battuto un tempo bianche si incurvavano su e intorno all'intera struttura, creando il telaio che la sosteneva. Ma la mia attenzione fu attirata dall'unico colore che avevo visto poche volte dal mio arrivo nel mondo sotterraneo. Il colore che mi aveva sempre attirata di più: *il verde*. A sei metri di distanza, tentacolare e ormai fuori controllo, c'era una gigantesca pianta di yucca. Le sue lunghe foglie erano cadenti quando avrebbero dovuto essere appuntite, ma erano ancora vibranti di colore. Avanzai rapidamente nella stanza alla ricerca di altri segni di vita. Trovai altre due yucche, un discreto numero di piante grasse piantate in un terriccio ammuffito e, con mia grande gioia, proprio sul fondo e protesa verso il debole sole, una sola orchidea.

«Come diavolo sei sopravvissuta, tu?» le mormorai mentre mi accovacciavo per ispezionarla da vicino.

«Non ha niente a che fare col diavolo, te lo assicuro,» disse una voce viscida, facendomi balzare il piedi con lo stomaco in subbuglio.

«Ade!» sentii Morfeo dire, con voce piena di sorpresa. Mi voltai per vederlo correre verso di me, con una nuvola fumosa che lo attorniava. «Mi dispiace, capo, non sapevo che saresti stato qui.» Il dio dei sogni parlava in fretta, il suo tranquillo contegno e il suo sorriso sicuro erano spariti.

«E perché siete *qui*, esattamente?» La voce di Ade mi fece accapponare la pelle, come se qualcosa di freddo mi stesse strisciando addosso.

«Persefone sentiva la mancanza delle sue piante. Ho pensato che questo posto potesse tirarla su di morale.»

Adesso la forma fumosa aveva preso sembianze umanoidi, anche se prive di lineamenti come sempre. Ade non disse nulla, e io cercai Edoné. Non la si vedeva da nessuna parte.

«Da quando hai stretto amicizia con quest'umana, Morfeo?» chiese Ade alla fine. Morfeo abbassò lo sguardo sul pavimento sporco.

«Stavo solo facendo un favore a qualcuno. Non pensavo che sarebbe stato un problema. Mi dispiace, capo.»

«Vattene,» disse Ade. Morfeo si voltò e io mi affrettai verso di lui, cercando il più possibile di evitare Ade. «Non tu, Persefone,» disse quando mi avvicinai a lui. La paura e qualcosa di non identificabile mi attraversarono sentendolo pronunciare il mio nome. Morfeo mi lanciò un'occhiata dispiaciuta al di sopra delle sue spalle, poi scomparve attraverso la porta aperta. Deglutii. «Ho sentito che hai pranzato con il mio fratellino,» disse Ade. *Oh, Dio. La situazione poteva diventare imbarazzate.*

«Non per mia scelta,» risposi, cercando di non far vacillare la voce. Sopravvenne un silenzio.

«Ti è piaciuto?» Alzai le sopracciglia per la sorpresa. Non solo non era la domanda che mi aspettavo, ma il tono della sua voce era cambiato. Il gelo che la permeava era sparito e sembrava quasi nervoso.

«È stato bello sentire la brezza sulla pelle,» ammisi. «Ma Zeus non mi piace per niente, quindi no.»

Con mio grande stupore, Ade ridacchiò.

«Bene. Anch'io lo detesto intensamente.»

«Così ho sentito,» dissi con cautela.

«Io...» iniziò Ade, poi si interruppe. «Non avrei mai pensato di rivederti in questa stanza,» disse alla fine, a bassa voce. La sua voce non era più viscida, il suo tono era ora intenso e profondo. Non era affatto il modo in cui si era comportato con me alla fine della nostra ultima conversazione. Cos'era cambiato? Il sospetto mi assalì e, nonostante mi sforzassi di ignorarlo, fui pervasa anche da una certa speranza.

«Non mi sorprende che sia già stata qui,» gli dissi. «Sento qualcosa di forte in questa stanza. Ma non so se si tratti solo della felicità di vedere qualcosa che cresce.» Ade sbuffò una risata, schernendomi.

«Non direi che sta crescendo. Direi piuttosto che *non sta morendo.* Ci vuole tutto il mio potere solo per tenere in vita quel maledetto fiore,» disse, e un braccio fumoso indicò l'orchidea. «Le altre piante si nutrono della magia residua, credo.»

Era lui che stava tenendo in vita l'orchidea? Non me l'aspettavo proprio.

«Beh, è bellissima,» dissi cautamente, facendo un passo indietro verso l'orchidea. Lo era davvero: Si trattava di un'orchidea scarpetta, dalla forma rotonda e sensuale. Era di un viola intenso, con accenti gialli che ingentilivano i petali.

«L'hai piantata tu,» rispose lui, con voce appena udibile. Qualcosa mi colpì allo stomaco e, per un breve secondo, provai qualcosa di così forte da togliermi il respiro. Era un desiderio disperato di essere da qualche parte, ma non sapevo dove.

Tuttavia, la sensazione svanì in fretta e fu sostituita da quella, altrettanto schiacciante, di essere in trappola. Non fisicamente, non nel mondo sotterraneo, ma intrappolata in un luogo più profondo e infinitamente più doloroso. Mi sentivo isolata dalle mie emozioni e sapevo che mi stavano tenendo lontana da qualcosa di più importante di qualsiasi altra cosa conoscessi. Era lui?

«Perché mi hai cacciata via? Che è successo tra noi?» chiesi tutto d'un fiato. «Non saperlo mi sta uccidendo.» Guardai implorante verso il punto in cui sapevo si trovava il suo volto, con lampi d'argento che tagliavano il fumo scuro.

«Non è successo niente tra noi,» rispose, con voce triste. «Alcune circostanze al di fuori del mio controllo hanno fatto sì che tu dovessi andartene.»

Non mi odiava. Sollievo e felicità mi attraversarono, proprio mentre la mia parte razionale mi urlava contro. *Perché ti interessa? Non conosci quest'uomo, ed è fatto di fumo e morte!* Purtroppo, i pensieri razionali, lì, non mi servivano più. Quando non ero nelle vicinanze di Ade, il pensiero di stare con lui era intollerabile. Ma quando ero in sua presenza...

«Ade, ho bisogno di sapere cos'è successo. Ti prego, ridammi i miei ricordi.»

«Non posso. Non è sicuro.» L'esasperazione mi assalì, e strinsi le mani a pugno. «Ma, se può servire, smetterò di renderti la vita più difficile,» disse gentilmente. Sollevai le sopracciglia. Non sapevo nemmeno che fosse capace di parlare con dolcezza.

«Come?»

«Beh, per cominciare, mi dispiace di essermi arrabbiato con te, prima. Ecate mi ha spiazzato, con quel gesto. Non ero pronto a vederti da solo. Di solito sono bravissimo a controllare le mie emozioni, ma tu sei...» Aspettai col fiato sospeso. Lui scosse la testa fumosa e continuò. «Sei l'unica cosa che quello stronzo di mio fratello sapeva che mi avrebbe fatto soffrire.»

«Soffrire? Mi dispiace,» sussurrai. E mi dispiaceva davvero, nonostante non fossi sicura del motivo.

«No, a me dispiace. Non hai scelto tu tutto questo. È colpa mia. E per scusarmi, vorrei che tu avessi questa stanza.»

«Davvero?»

«Sì. Voglio dire, fino a quando non perderai le Prove e tornerai a casa. Devi capire quanto sia importante che tu non rimanga qui.»

Un guizzo di indignazione si accese in me e parlai prima di riflettere bene sulle parole da usare.

«Se quello che dici è vero, perché non vuoi che io sia di nuovo tua moglie?» Pronunciare la parola 'moglie' ad alta voce mi sembrò strano, e infatti me ne pentii all'istante.

«Persefone, per favore, non posso rispondere.» Aveva

la voce tesa e mi sentivo un po' in colpa per avergli fatto pressione quando il suo sforzo era così evidente.

«Va bene,» mormorai.

«Bene. Nel frattempo, occupati di quel cazzo di fiore, così non dovrò farlo io.» Il mio sguardo si spostò prima sull'orchidea, poi su di lui, e non potei fare a meno di sorridergli.

«Perché improvvisamente sei gentile con me?»

Ade emise un sospiro, il fumo intorno al suo viso si increspò.

«Vederti qui, in questa stanza... È impossibile non esserlo. E se dovrai restare qui ancora per poco, tanto vale che te lo goda.»

«Grazie, Ade,» dissi sinceramente.

Stavolta vidi molto più di un lampo argenteo. Ade si solidificò e, giuro, mi sembrò di avere le gambe di gelatina, come se fossi in un romanzo rosa.

Era *più* che bello. I suoi occhi erano un vortice d'argento liquido e l'emozione che ne scaturiva era stampata anche sul resto del suo viso. I capelli neri come l'inchiostro si arricciavano oltre le orecchie e la mascella cesellata era ricoperta da una folta barba scura. Le sue labbra erano morbide e piene e leggermente schiuse. I miei occhi scesero lungo il corpo, contemplando il modo in cui la camicia nera gli si tendeva sulle spalle larghe, si apriva sul collo e mostrava qualche pelo riccio sul petto; osservai poi la cintura di cuoio pesante e i jeans strappati blu scuro.

Non so come mi aspettassi che fosse sotto il fumo, ma per gli dèi, di certo non pensavo fosse così.

«Mi dispiace,» disse a bassa voce, e io guardai le sue labbra pronunciare quelle parole, prima che la sua immagine svanisse di nuovo sotto il fumo nero. «Faccio fatica a controllarmi, intorno a te.»

«Ti prego,» dissi a mezza voce. «Ti prego, resta così, invece del fumo.»

«No. Devo andare.»

«Aspetta, prima di farlo,» mi affrettai a dire. Il cuore mi batteva forte. «Eri tu a parlarmi? Nella mia testa?» Il fumo tremolò.

«Voglio che tu perda le Prove, ma non voglio che tu muoia facendolo,» rispose infine.

«È un sì?»

«Addio, Persefone. Goditi la serra.»

Il fumo svanì.

DICIOTTO

Rimasi a lungo a fissare il punto vuoto da cui era sparito Ade. Le emozioni si accavallavano nella mia testa, la sensazione di essere separata da qualcosa si accendeva e si spegneva dentro di me. Non importava quello che aveva detto Atena, non potevo ignorare il mio passato. Non quando, a quanto pare, ci stavo vivendo di nuovo. Avrei quasi voluto non aver visto Ade sotto il fumo perché, ora che sapevo com'era, non riuscivo a non pensare alla sua immagine. Quegli zigomi feroci, le labbra sensuali, il torace muscoloso... Tutti gli altri uomini che avevo frequentato impallidivano di fronte a lui. E non si trattava solo di attrazione fisica. Lo conoscevo. Conoscevo quell'umorismo fuori dalle righe, quella versione ricca della sua voce.

Aveva tenuto l'orchidea in vita per me. Era tutto ciò che gli era rimasto.

Sapevo che il fiore rappresentava questo. Cosa significava questa stanza. E lui l'aveva capito quando ero entrata, quel giorno. *Gli importava ancora.* Allora perché voleva che perdessi? Di certo, se avesse avuto un'altra possibilità di stare con la donna che non voleva lasciare fin dall'inizio, l'avrebbe accolta con favore. Allora, cos'era successo? Perché ero stata costretta ad andarmene? La frustrazione si fece strada in me.

Non avrebbe funzionato. Non volevo vivere sottoterra, in un posto senza un vero e proprio esterno, e con una serra di vetro come unico giardino a cui potevo accedere. Non volevo essere legata a un uomo il cui regno era la morte. Non volevo vivere in un mondo senza finestra, per l'amor degli dèi. Poteva anche essere bellissimo e potevo avere un legame con lui, ma non ero più la persona che una volta aveva abitato questa casa.

Ade aveva ragione. Dovevo cercare di godermi al meglio il tempo che avrei trascorso qui. Scrutai la stanza alla ricerca di una cazzuola. Notai una pila di attrezzi ammucchiati contro il vetro e, quando andai a indagare, trovai un rubinetto arrugginito all'estremità di un tubo di ramo scricchiolante nel terreno. Bene. Avevo tutto quello che mi serviva per immergermi in qualche ora di giardinaggio e cercare di dimenticare questa folle situazione.

Skop cercò di parlarmi un paio di volte mentre lavoravo, ma io gli rispondevo a monosillabi. In breve tempo, riuscii a perdermi nella terra e le ore sembrarono volare. Troppo presto, arrivò Ecate a dirmi che era ora di allenarmi. Lasciai la serra malvolentieri, ascoltandola a tratti mentre mi rimproverava per aver sporcato i miei bei vestiti, cercando di evitare che il volto di Ade m'invadesse i pensieri.

«Oggi ho visto Ade,» le dissi, dopo che ci eravamo picchiate per bene per un'estenuante ora e stavamo mangiando carne arrosto nella mia stanza.

«Oh?»

«E intendo dire che l'ho *visto*. Intendo, sotto il fumo.»

«Ohhhh.» Mi guardò con un luccichio malizioso negli occhi. «Sapevo che avrebbe fatto un passo falso, se avesse passato abbastanza tempo con te.»

«Allora quella è la sua vera forma?»

«No, se un dio ti mostrasse la sua vera forma moriresti perché sei umana. Ma quella è la sua versione non letale.»

«Oh. Che aspetto ha la sua vera forma?»

«Uhm, luminosa. E un po' terrificante.»

«Giusto. Quindi tu vedi Ade fumante o...» Feci una pausa, cercando di pensare a come chiamare l'Ade non fumante.

«Quello sexy?» offrì Ecate. Funzionava, pensai, e annuii. «Vedo quello sexy. Tutti quelli che vivono o lavorano negli Inferi lo vedono così. Ma quello della Vergine è uno dei quattro regni proibiti. Ade è di gran lunga il più misterioso e riservato degli dèi.»

«Quindi non gli va a genio il fatto che le Prove vengano mostrate a tutti.»

«No. Non gli va assolutamente. Tempo addietro, gli dèi organizzavano una gara per l'Immortalità, e ogni dio indiceva una Prova. Ade aveva cercato di evitare che la sua avesse luogo nella Vergine, ma Zeus lo ha costretto. E penso che sia questo il motivo per cui Zeus gli sta facendo tenere le Prove qui. Perché Ade aveva già detto chiaramente di non volerlo fare.»

«Zeus è davvero una testa di cazzo,» dissi.

«Sì.»

«Perché Ade gli sta così antipatico?»

«È una storia lunga e difficile da raccontare. E una domanda a cui Ade potrebbe rispondere meglio da solo.»

«Uh. Forse dovresti organizzare un altro appuntamento,» dissi in tono scherzoso, ma speravo mi rispondesse di sì. Avevo voglia di rivederlo, anche se sapevo che non avrei dovuto.

«Non se ne parla: domani sera c'è il ballo e non hai bisogno di altre distrazioni.»

«E va bene,» dissi sospirando.

«Edoné sta facendo confezionare un abito e una maschera apposta per te, saranno qui domani.»

«Va bene.»

«E assicurati di portare il pugnale. È l'unica arma che hai che può funzionare contro gli dèi, ricordalo.»

«Perché dovrei fare del male a un dio?» chiesi, allarmata.

«Persy, non stai imparando nulla? Devi essere sempre pronta.»

Quella notte dormii male e per la prima volta non visitai il bellissimo giardino con la fontana di Atlante. Una parte di me avrebbe voluto farlo. La sua serenità distensiva era proprio ciò di cui avevo bisogno, anche se non sapevo chi mi ci stava portando. Sospirando, mi alzai dal letto, mentre il soffitto illuminato dalla luce del giorno mi diceva che doveva essere mattina. Le ultime tre o quattro volte che mi ero svegliata, era ancora coperto da stelle scintillanti.

'*Allora, quali sono i programmi per oggi?*' chiese Skop, sbadigliando.

«Rifinire il menù del banchetto e ripassare il galateo

di saluti e conversazione,» gli dissi con un cipiglio in volto. La mia idea di incubo. Se fosse stato per me, avrei mangiato hamburger di manzo e abbracciato allegramente gli ospiti, ma a quanto pare questo non bastava per diventare Regina degli Inferi. «Odio questo posto,» mormorai entrando in bagno per accendere l'acqua della doccia.

'Non è così male. Sai, stavo pensando che dovresti dare un nome al pugnale che Ecate ha creato per te.' Gli lanciai uno sguardo dalla porta del bagno prima di chiuderla e togliermi di dosso la lunga canotta di seta con cui avevo dormito.

'Perché?' gli chiesi mentalmente mentre mettevo piede sotto il getto. Mi sentii immediatamente meno irascibile e la stanchezza si disciolse lentamente con il fluire dell'acqua sul mio corpo.

'Perché tutte le armi sono più efficaci se hanno un nome. Ecate l'ha creata per te, quindi è unica nel suo genere. E probabilmente è anche magica. Potresti legarti a essa, se le dai un nome.'

'Oh. Va bene. Come dovrei chiamarla?'

'Dagli il nome di qualcosa che ami. O che ti manca.'

'Luce,' dissi subito, senza pensarci. 'Sono stufa di stare sottoterra.'

'L'esterno non ti è piaciuto così tanto,' ribatté Skop.

'Quello non conta come esterno. La casa di Zeus aveva un vero e proprio esterno. Ovunque sia quella voragine...' Cercai di trovare una parola per quel vuoto beige, immobile e senza temperatura, ma mi arresi.

'C'è molta luce, qui sotto.'

'Non è una vera luce.'

'Va bene. Che ne pensi di... Fosforo?'

'Cosa vorrebbe significare?' chiesi, e ripetei la parola ad alta voce. Mi piaceva come suonava.

'*Significa portatore di luce*,' rispose Skop. Un piccolo brivido mi attraversò, nonostante l'acqua fosse ancora calda. Portatore di luce. '*Forse puoi portare un po' di vera luce negli Inferi*,' disse lui.

'Pensi che io possa vincere, Skop? gli chiesi lentamente.

Ci fu una lunga pausa.

'*So che in te c'è più potenziale di quanto immagini*,' disse alla fine.

Di nuovo quella parola del cazzo. La odiavo. *Potenziale*. Sempre così tanto potenziale, ma mai realizzato.

'Pensavo fossi qui per offrire un po' di sollievo comico,' sospirai. 'Non per fare discorsi di incoraggiamento profondi e significativi.'

'*Il tuo desiderio è un ordine. Ti ho raccontato di quella volta che Dioniso ingannò Poseidone facendogli fare sesso con un albero?*'

Il resto della giornata con Edoné sembrò volare. Il ballo sarebbe iniziato alle otto, e lei aveva usato l'intera giornata per organizzare i preparativi dell'ultimo minuto. Con mia grande gioia, aveva deciso di celebrare la mia natura umana e mortale servendo un banchetto di cibo del mio mondo, in particolare di New York. Il menù comprendeva hot-dog, panini al pastrami, bagel al salmone affumicato, pasticcini alla cannella, ciambelle con zucchero a velo e molto altro ancora, e per la prima volta cominciai ad aspettare con ansia la festa.

Questo finché non dovetti iniziare a fare pratica su come salutare le persone. Edoné aveva convinto Morfeo ad assistere, e il dio passò un'ora a entrare e uscire in continuazione dalle grandi porte di una sala da pranzo vuota, sembrando ogni volta sorpreso e felice di vedermi. Le mie doti recitative, tuttavia, non erano all'altezza delle sue, e le mie goffe strette di mano e i sorrisi inquieti non erano affatto all'altezza di Edoné.

«Guarda mentre lo faccio io, tesoro,» mi disse con pazienza. Morfeo lasciò la stanza, poi rientrò con un'espressione presuntuosa sul suo bel volto.

«Morfeo, è un piacere vederti,» disse Edoné entusiasta, avvicinandosi a lui con una mano tesa. Le prese la mano con grazia, si chinò e la baciò.

«Sono onorato di aver ricevuto l'invito,» disse lui.

«Ma certo che sì! E posso dire che hai un aspetto magnifico. Come sta la tua famiglia?» La dea riuscì per tutto il tempo a mantenere una voce sincera e sensuale e gli occhi fissi su quelli del dio.

Poi si rivolse a me. «Vedi, Persefone? Non sembrare annoiata né sovreccitata. Cerca soltanto di essere elegante e regale. Non stringere la mano, tendila affinché l'ospite la baci, come se tu fossi più importante degli altri.»

Mi accigliai. Non era il mio genere. Neanche lontanamente. Ma si trattava di una sola serata, poi la farsa sarebbe finita. Potevo riuscirci.

«Giusto,» dissi.

«Chiedi sempre della famiglia e non dimenticare mai che l'adulazione ti porterà ovunque nell'Olimpo. Cerca di scegliere qualcosa di specifico per fare un complimento agli ospiti.»

«Okay,» annuii. «Fammi riprovare.»

Alla fine, Edoné decise che era soddisfatta del mio livello di 'entusiasmo e raffinatezza'. Mi sentivo falsa dalla testa ai piedi, ma lei disse che il mio sorriso accuratamente ingessato era accettabile, ed ero disposta ad accettare il fatto, visto che ne sapeva di più. Dopo aver fatto un breve pranzo composto per lo più da frutta, 'così da avere spazio per il banchetto', ripassammo il galateo della tavola, seguito dalle parolacce socialmente accettabili. A quanto pareva, gli Olimpici erano del tutto esenti da queste regole, ma il resto di noi era tenuto a rispettarle.

«C'è un'altra cosa di cui volevo parlarti,» mi disse Edoné mentre tornavamo nella mia stanza.

«Certo,» dissi.

«Si tratta di... beh, si tratta di sesso.» Inciampai leggermente per lanciarle uno sguardo allarmato.

«Non mi aspetto che—» iniziai, ma lei si affrettò ad agitare le mani.

«No, no, certo che no. Ma dovresti sapere che, quando molti esseri dotati di poteri si mascherano e bevono tutti insieme, il sesso è abbastanza inevitabile. E non credo che il modo in cui ci si approccia qui sia lo stesso a cui sei abituata.»

«Ti prego, dimmi che non ho organizzato un'orgia,» gemetti. Edoné mi rispose con la sua risatina tintinnante.

«No, anche se sono piuttosto frequenti. Ma gli dèi, e anche i semidei se è per questo, sono molto braci a scomparire per un breve periodo per poi riapparire più tardi.»

«Quindi stai dicendo che, se qualcuno scompare, probabilmente ci sta dando dentro da qualche parte?»

«Sì. Durante queste feste, si gioca a osservare chi scompare nello stesso momento.»

«Sembra un reality di bassa lega,» mormorai. Edoné mi rivolse una piccola smorfia, poi continuò.

«Zeus e Apollo sono probabilmente i peggiori, e se ci

fosse Era potrebbero volare scintille. Uno dei tuoi compiti come padrona di casa è quello di coprire le persone i cui partner sono irascibili o apprensivi.»

Spalancai la bocca.

«Devo coprire gente che tradisce il proprio partner? No!»

«Fa parte della politica, temo. E quando c'è lo zampino di Afrodite, la colpa non è di nessuno.»

Pensai all'effetto che mi aveva fatto Zeus il giorno prima, al desiderio che il mio corpo traditore aveva provato. Afrodite aveva quel tipo di potere?

«Gli dèi possono indurre qualcuno a fare sesso con loro, anche se non vuole?» le chiesi, consapevole che la mia voce tradiva la mia paura. Non andava affatto bene.

«Tecnicamente sì, ma è severamente vietato.» Un po' di sollievo mi pervase. «Devi ricordare che gli dèi hanno un ego enorme. Molti cercheranno di conquistarti. Non provano soddisfazione nel prendersi qualcosa che non hanno conquistato.»

«Cosa intendevi con lo zampino di Afrodite?»

«Ah, non farebbe mai fare a nessuno qualcosa contro la sua volontà,» mi disse Edoné sorridendo. «Al contrario. La sua presenza tende a esasperare tutti i desideri. Una piccola cotta o un semplice interesse acuiscono. Da questo deriva un incremento di occhi e mani indiscreti.»

Mi sembrava un'affermazione davvero strana, ma non dissi nulla.

«Ti abituerai ai nostri modi, ne sono certa,» disse Edoné mentre raggiungevamo la mia porta. «Cerca di non preoccuparti e, se puoi, prova a godertela.» Mi posò una mano sulla spalla e io provai un'ondata di gratitudine nei suoi confronti.

«Grazie mille per il tuo aiuto. Non c'era davvero

bisogno di dedicarmi così tanto tempo,» dissi. Un'espressione stranamente amara attraversò il volto della bella donna.

«Il tempo è una cosa strana,» disse a bassa voce. «Buona fortuna, Persefone. Ci vediamo stasera.»

«Puoi farcela,» dissi sospirando, passandomi le mani sulla gonna per la centesima volta. Ero in piedi davanti a un'enorme arcata di pietra coperta da drappi viola intenso, e cominciavo a lottare contro il mio nervosismo. Il ricordo di me aggrappata al ponte, che singhiozzavo e tremavo, continuava a spazzare via la mia sicurezza, e più aspettavo, più desideravo che la parte dell'entrata in grande stile finisse in fretta.

La principale attenuante al mio ultimo fallimento pubblico, nonché il motivo per cui non ero già ridotta a un relitto tremante, era il mio vestito assolutamente incredibile. Edoné si era superata, ed ero certa di non essere mai stata così bella. A dire il vero, probabilmente non lo sarei stata mai più, ed ero determinata a godermi quella bellezza finché fosse durata. L'abito era si allacciava dietro al collo, ma stavolta non aveva una scollatura profonda: la parte superiore mi fasciava delicatamente il collo. La parte superiore del vestito era scollata sulla schiena, da cui partiva la gonna che cadeva sul pavimento. La gonna stessa era composta da centinaia di nastri di chiffon, tutti sovrapposti e leggermente trasparenti, che si aprivano in modo allettante quando camminavo, mostrando sprazzi di pelle e facendo sembrare le mie gambe lunghe un milione di chilometri. Tuttavia, la cosa che mi piaceva di più era il colore. Ogni nastro che componeva la gonna era di una diversa tonalità di verde. Quella più intensa mi ricordava i sempreverdi e il Natale, mentre quella più chiara era un verde pastello. Quando mi muovevo, i colori si fondevano e si confondevano, facendo sembrare vivo l'intero abito. Il corpetto era bianco, con fiorellini verdi che si snodavano intorno alle mie costole e accentuavano le forme del mio seno. Guanti bianchi lunghi e incredibilmente morbidi mi coprivano le braccia, arrivando ben oltre il gomito e dandomi un allure glamour pari a quella di Marilyn Monroe.

Avevo sistemato i capelli in un'acconciatura elaborata di riccioli e trecce, e le ciocche bianche che mi ricadevano sul viso fino alle spalle facevano risaltare ancora di più la maschera nera che mi copriva gli occhi. C'era un non so che di eccitante nell'indossare qualcosa di così delicato ma feroce allo stesso tempo. Sembrava fatta di pizzo, e la magia la teneva perfettamente aderente al mio viso. Il motivo del merletto era costituito da un intreccio di viti, e la piuma verde che si ergeva orgogliosa sul lato destro dava quel tocco in più di cui aveva bisogno. Mi piaceva davvero tanto. Avevo anche legato *Fosforo* alla coscia, come mi aveva ordinato Ecate. Avrei preferito fissarlo alla caviglia, ma indossavo i sandali dorati col tacco che si incrociavano lungo il polpaccio; inoltre, il movimento del vestito avrebbe potuto rivelare l'arma. Non mi sentivo particolarmente a mio agio ad avere una lama così vicina alle mie parti importanti, ma mi fidavo abbastanza di Ecate da correre il rischio.

'*Penso sia arrivato il momento,*' disse Skop dietro di me, quando le tende presero a frusciare. Il mio battito cardiaco accelerò, i palmi delle mani cominciarono a inumidirsi non appena realizzai che aveva ragione: le tende si stavano aprendo.

«Cittadini dell'Olimpo! Date il benvenuto alla vostra padrona di casa per stasera, Persefone!» Ma le parole del commentatore mi sfuggirono mentre venivo svelata alla stanza al di là del sipario. Edoné mi aveva detto cosa aveva in mente, ma non avrei mai potuto immaginare qualcosa di così straordinario.

La stanza non assomigliava a nessuna delle altre che avevo visto negli Inferi fino a quel momento. Sì, il soffitto a volta brillava di stelle e l'enorme spazio era costellato di colonne greche, ma le somiglianze finivano lì. Non c'erano finestre, ma le pareti erano uguali al soffitto, di colore blu scuro e scintillanti di stelle. Era come se il pavimento fluttuasse nel cielo notturno, ma non avrei mai potuto definire oscura quella stanza. In cima a ogni colonna c'erano delle fiamme, che bruciavano in vari colori e gettavano una luce soffusa sull'ambiente. Sembrava che rimanessero ferme per magia. Dall'arco in cui mi trovavo partiva un lungo tappeto rosso che si estendeva per tutta la stanza e terminava su una predella rialzata. Erano presenti tutti i troni degli dèi, stavolta vuoti. Ma la stanza era tutt'altro che vuota. Ovunque guardassi potevo vedere persone e creature vestite con abiti bellissimi e grandiosi, e ognuno dei loro imponenti volti mascherati era puntato su di me.

Merda. Feci un inchino frettoloso e un tenue

applauso attraversò la folla. Diedi un passo esitante verso la sala.

'*Forza, Persy*' disse la voce di Skop nella mia testa. Alzai il mento e feci un altro passo lungo il tappeto rosso. Semmai avessi dovuto camminare su un tappeto rosso, l'avrei fatto con quell'aspetto, pensai. La mia fiducia cresceva man mano che mi addentravo nella sala. Le colonne erano abbastanza basse da permettere alla luce delle torce di illuminare la sala, ma non per questo erano meno grandiose. Delicati rampicanti dorati, con piccoli boccioli brillanti come diamanti, si avvolgevano intorno a esse, ricordandomi la sala da pranzo di Zeus. Erano perfette per suddividere il grande spazio e per nascondervisi dietro, pensai ironicamente. Satiri e donne minuscole, che supponevo fossero ninfe, si muovevano tra gli ospiti tenendo in mano vassoi di bevande e tartine, e l'intera stanza era invasa da un profumo divino. C'era una nota di fragola, ma anche del muschio. Un'energia eccitata brulicava nell'aria, un'attesa quasi tangibile. Quando mi accorsi di essere al centro del lungo tappeto, feci una pausa e mi girai lentamente sul posto, scrutando teatralmente ogni presenza e soffocando il sollievo che provai quando individuai Edoné e Morfeo. *Trasmetti ciò che ti ha insegnato Edoné*, pensai. *Un po' di arroganza, e molta grazia.*

«Grazie a tutti voi per esservi uniti a me stasera,» dissi a voce alta, un po' in sordina. «Sono onorata che siate venuti tutti. Quando avrò bevuto, sarò felice di salutare ognuno di voi.» Un satiro apparve dal nulla, con in mano un bicchiere con uno stelo a forma di disco volante, pieno di liquido trasparente. «Ooh,» dissi, perdendo la mia formalità. «Grazie.» Lui mi sorrise, poi si allontanò verso il fondo della sala, tra le gambe della folla silenziosa. Grata, bevvi un sorso del fresco drink, avvertendo una piacevole effervescenza sulla lingua.

Potevo farcela.

Uno dopo l'altro, gli ospiti si avvicinarono a me, e io fui immediatamente grata ai miei guanti. C'era solo un numero limitato di persone disposte a baciarmi la mano, e alcuni degli ospiti avevano un aspetto decisamente bizzarro. Non avevo idea di cosa fossero, ma molti sembravano ibridi di animali e alcuni avevano persino le ali. La maggior parte, però, aveva un aspetto umano. Mantenni il mio sorriso ingessato e mi complimentai con la maggior parte degli ospiti per le loro maschere. Erano tutte così affascinanti che mi riuscì difficile concentrare l'attenzione su qualcos'altro. Cercai di ricordare i nomi di tutti quelli che si presentavano, ma era impossibile tenerli tutti a mente.

'Ti ricordi tutti questi nomi?' chiesi mentalmente a Skop, mentre scolavo il mio bicchiere. Il satiro apparì immediatamente per portarmene uno pieno.

'*Conosco già la maggior parte di questi idioti,*' borbottò. '*Nessuno di loro mi ha riconosciuto, però.*' Aveva un tono malizioso, perciò gli lanciai un'occhiata di avvertimento.

'Non rovinarmi tutto, Skop. È una cosa seria.'

'*Sono contento che finalmente la pensi così,*' rispose lui.

Dopo quindici minuti di presentazioni, suonò un gong e nella sala calò il silenzio.

«Onorati ospiti, cittadini dell'Olimpo, date il benvenuto ai vostri dèi!» intonò la voce del commentatore quando una luce bianca balenò sulla pedana, attirando l'attenzione di tutti. L'intera sala si inginocchiò e io la seguii rapidamente a ruota. Durai solo un battito di cuore prima di sollevare il capo chino, mentre i miei occhi cercavano l'unico dio che volevo davvero vedere.

Ade era nella sua forma fumosa, certo, ma indossava una maschera come tutti gli altri. *E lasciava trasparire i suoi occhi attraverso di essa.* Si fissarono immediatamente sui miei e mi mancò il respiro quando le mie emozioni reagirono automaticamente. Qualcosa di profondo, vero e quasi doloroso fluì in me e mi aggrappai senza successo a quella sensazione. Troppo presto i suoi occhi si allontanarono dai miei e io rilasciai un respiro affannoso, prima di accorgermi che la sua maschera era incredibilmente simile alla mia. Era nera e della stessa forma, ma non credevo fosse anch'essa decorata da viti. Ero troppo lontana per poterlo dire. Ecate l'aveva fatto apposta? A proposito, dov'era? Scrutai gli altri dèi mentre guardavano la folla riunita. Afrodite era quella che spiccava di più, con un abito completamente trasparente con un accenno di rosa, la pelle del colore del gesso e le labbra di un rosso vibrante. Era indossava un abito molto più cauto, con una toga verde acqua che faceva risplendere la sua pelle scura, ma la maschera che portava era la più elaborata, con una piuma di pavone che svettava in alto, sopra l'acconciatura elaborata. Zeus sfoggiava un look più vecchio stile, quel giorno, con capelli neri illuminati qua e là da ciocche grigie e una toga tradizionale che metteva in mostra la maggior parte del petto ampio e muscoloso.

«Grazie per la partecipazione. Vi prego di annunciare la prima prova della serata,» disse Ade, con la voce sgradevolmente viscida. Mi si accapponò la pelle e la mia espressione diventò una smorfia di conflittuale confusione, prima che un forte rumore alle mie spalle attirasse la mia attenzione. Una gigantesca clessidra apparì nella sala. La metà superiore era piena di sabbia che, però, non cadeva in quella inferiore, vuota. L'apprensione mi scivolò lungo la schiena come ghiaccio.

«Stasera Persefone affronterà tre prove,» disse il commentatore, e mi resi conto che l'allegro biondino si trovava a pochi metri dalla clessidra. «E i giudici decideranno se le assegneranno zero, uno o due gettoni.» Due? La favorita ne aveva solo cinque, e io ne avevo già uno. Aspettate, perché ne ero felice? Non volevo vincere, come cercai di ricordare bruscamente a me stessa. Perdere, ma non morire. Era quello che aveva detto Ade. Fino a quel momento, non mi sembrava ci fosse nulla di letale legato al ballo. «Ci sono alcune regole che valgono per tutta la serata, quindi lasciate che ve le illustri.» Mi guardò intensamente. «Non si può chiedere un aiuto diretto per una singola prova. Se c'è bisogno di informazioni, sarà necessario acquisirle naturalmente attraverso una conversazione, altrimenti la prova decade.» Annuii. «Non si può lasciare il ballo.» Annuii di nuovo. «E non si può abbandonare nessuno dei propri doveri di padrona di casa. Se in qualsiasi momento si riterrà che Persefone si stia comportando in modo inappropriato, la prova verrà annullata.»

«Capito,» dissi.

«La prima prova è una caccia al tesoro,» disse raggiante, guardando di nuovo tutta la stanza che accolse le sue parole con un applauso e un chiacchiericcio eccitato. Strinsi gli occhi con sospetto. Da bambina ero piuttosto brava, in queste cose. «Persefone deve trovare quattro indizi, che porteranno a una chiave per sbloccare la clessidra. Se la clessidra si svuota, la prova si considera terminata e persa.» Perché avrei dovuto sbloccare una clessidra? Una strana nausea mi attanagliò lo stomaco e mi si accorciò il respiro quando qualcosa prese a luccicare all'interno della grande clessidra. No... Di certo non avrebbero... Con mio orrore, il luccichio si fermò, facendo apparire un uomo in piedi nella metà inferiore della clessidra. Indossava una semplice toga e non sembrava avere la mia età. Aveva gli occhi chiusi e pareva dormire. Un rivolo di sabbia cominciò a cadere dalla parte superiore, scorrendogli sui capelli fino al fondo della clessidra. «Ecco il primo indizio,» disse il commentatore, e una piccola pergamena mi apparve tra le mani.

«Non potete farlo!» dissi, ignorando la pergamena e rivolgendomi agli dèi. «Cosa gli succede se fallisco?»

«Ma, non so. Riusciresti a respirare se fossi sommersa nella sabbia?» rispose pigramente Zeus. La bile mi salì in gola e la testa mi girò leggermente. No, non era giusto.

«Queste Prove dovrebbero essere pericolose per me, non per qualcuno che non ho mai incontrato!» esclamai. «Lasciatelo andare!» Sentii dei sussulti intorno a me e Atena si alzò in piedi. Era identica a quando l'avevo vista per la prima volta.

«Persefone, le usanze dell'Olimpo ti sono sconosciute, ma non puoi cambiarle. L'unico modo per salvare quest'uomo è completare la prova. Stai sprecando tempo.»

La guardai male.

'Ha ragione. Muoviti, cazzo,' disse Skop nella mia testa.

«Il tuo animaletto non può aiutarti in questa Prova,» disse improvvisamente Poseidone, e Skop emise un guaito di dolore.

«Lasciatelo stare!» urlai.

«Sì, lascialo stare,» disse Dioniso indignato. Con un

piccolo lampo, Skop scomparve per riapparire al fianco di Dioniso, e un leggero sollievo mi pervase. Il dio del vino si sarebbe preso cura di lui.

Ma adesso ero sola e la vita di un uomo dipendeva da me.

VENTI

Con le mani tremanti, passai il bicchiere al piccolo satiro che mi ronzava accanto, poi srotolai la pergamena che era apparsa dal nulla. C'erano scritte due righe.

Ornato da una piuma blu e foderato di pizzo bianco
Uno splendido modo per nascondere il proprio vero volto.

Le lessi due volte. Doveva riferirsi a una maschera, sicuramente. Quindi dovevo solo trovarne una che corrispondesse alla descrizione. Una piuma blu e del pizzo bianco. Scrutai la stanza. Mi fissavano tutti. Sentii un forte colpo di tosse e notai Edoné lanciarmi un'occhiata severa. *Devi adempiere ai tuoi doveri di padrona di casa o la prova verrà annullata.* Le parole del commentatore mi risuonarono nella mente e mi affannai a ricordare cosa avrei dovuto fare una volta arrivati tutti gli ospiti.

«Tra un'ora ci accomoderemmo a tavola!» dissi trionfante, ricordando ciò che mi era stato insegnato. «Che parta la musica!»

Il suono melodico di un'arpa riempì lo spazio, e mi voltai sorpresa. I troni erano spariti dalla predella per lasciare posto a una bellissima donna dai capelli d'argento che pizzicava abilmente le corde di un'arpa grande il doppio di lei. Tuttavia, non aveva una maschera con la piuma blu e il pizzo bianco, così distolsi l'attenzione. Con lo sguardo rivolto all'uomo privo di sensi nella clessidra, con la sabbia che cominciava ad accumularsi ai suoi piedi, mi avviai verso Edoné.

«Buonasera, Persefone,» disse in tono formale quando la raggiunsi.

«Buonasera,» le risposi.

«Sei riuscita a ricevere tutti prima dell'arrivo degli dèi?»

«No, nemmeno la metà. Ma sto per salutare il resto degli ospiti,» dissi sorridendo mentre la gente cominciava ad affollarsi intorno a me. Mi voltai col sorriso ancora fisso sulle labbra. Scrutai le loro maschere, cercando di rallentare il battito del mio cuore. Nessuna piuma blu. *Merda.* Tesi la mano a ognuno degli ospiti, a turno, ringraziandoli per la loro presenza, lasciando che i loro nomi entrassero da un orecchio e uscissero dall'altro, prima di affrettarmi. Riuscii a individuare alcune piume blu, ma nessuna delle maschere aveva del pizzo bianco a decorarle. Avevo l'impressione si trattasse di una maschera femminile, così iniziai ad avvicinarmi maggiormente alle donne. Skop avrebbe potuto davvero aiutarmi, pensai con rammarico.

Nel momento in cui individuai una signora con un ampio abito rosa con cui non avevo ancora parlato, mi venne la pelle d'oca. Mi voltai lentamente, già consapevole di cosa aveva abbassato la temperatura.

«Ade,» dissi, quando mi ritrovai faccia a faccia con la sua forma fumosa.

«Persefone,» rispose lui, con gli occhi d'argento scintillanti. I miei pensieri razionali si dispersero.

«Hai un aspetto...» Mi interruppi, mordendomi il labbro mentre faticavo a trovare una parola per concludere il doveroso complimento.

«Fumoso?» mi propose. La mia bocca si incurvò meccanicamente in un sorriso per quel commento inaspettato.

«Sì. Fumoso.» Sentii le spalle rilassarsi un po'.

«Se quest'evento non fosse stato trasmesso in tutto l'Olimpo, sarei stato disposto a eliminare un po' di fumo.»

La sua voce non era per niente gelida.

«Perché non permetti loro di vedere il tuo aspetto?»

«Il Signore degli Inferi non è particolarmente popolare. Si aspettano un mostro, e io li accontento.» Scrollò le spalle fumose.

«Ma... Non sei davvero un mostro?» chiesi esitante. *Speravo* di no. Ade fece una pausa prima di rispondermi.

«Sono in tutto e per tutto il mostro che credono io sia.»

Una parte di me non voleva credergli, ma il ricordo del nostro primo incontro, le urla, i corpi in fiamme e il sangue s'insinuarono nella mia mente. Era il Signore dei Morti. Sicuramente la storia del mostro faceva parte del pacchetto. Voglio dire, quegli dèi mettevano in pericolo la vita di persone innocenti solo per divertimento, pensai lanciando un'occhiata all'uomo nella terribile clessidra contro la parete più lontana. Le coppie avevano cominciato a ballare sulle note dell'arpa davanti a lui, come se fosse solo una parte delle decorazioni. Rabbrividii.

«Devo... salutare tutti,» dissi. Avrei voluto chiedere ad

Ade se avesse visto una maschera con una piuma blu e del pizzo bianco, ma ero abbastanza sicura che mi sarei guadagnata una squalifica e avrei segnato il destino di quel poveretto.

«Certo,» disse, chinando leggermente la testa. «Hai–» esitò. «Hai un aspetto incredibile.»

«Oh. Grazie,» risposi, incapace di frenare l'ondata di felicità che si diffuse in me alle sue parole. *Una felicità del tutto inappropriata*, mi rimproverai. *Sul serio, metti in chiaro le tue priorità!* Mi allontanai da lui a malincuore, alla ricerca della signora con il vestito rosa. La individuai, ma quando mi presentai vidi che indossava una maschera rosa abbinata all'abito intorno ai suoi occhi azzurri.

«Salve,» disse una voce femminile mentre un bell'uomo dalla pelle abbronzata e con dreadlocks corti, che a quanto pareva si chiamava Teseo, mi prendeva la mano. Feci un gentile cenno del capo a Teseo e mi voltai verso la voce. Maschera rossa, dannazione.

«Buonasera,» la salutai sorridendo. Indossava un abito scarlatto attillato, aveva i capelli neri come l'inchiostro ed era bellissima. «Grazie per essere venuta, stasera. Il tuo abito è delizioso,» dissi.

«Beh, non avevo altra scelta se non quella di venire,» disse con un sorriso che si fermò prima ancora di coinvolgere le sue guance. «Sono Minte.»

«Oh!» *Minte come l'attuale favorita per il titolo di Regina degli Inferi?* Perché cazzo era stata invitata?

«A quanto pare è buona norma che mi presenti. E, a dire il vero, volevo scoprire il motivo di tutto questo scompiglio,» disse, squadrandomi dalla testa ai piedi con un ghigno sul viso. Tutti i miei allarmi mentali anti-bullo suonarono contemporaneamente. L'istinto mi tese le spalle e mi fece abbassare gli occhi sul pavimento. Ma, nel frattempo, intravidi i miei lucenti sandali d'oro e il movimento fluido della mia gonna. Ricordai che avevo un aspetto dannatamente fantastico, e che quella era la mia festa, maledizione. «Come mi aspettavo. Non capisco perché sei così importante,» disse Minte con voce annoiata.

Sollevai lentamente il mento, sforzandomi di roteare le spalle all'indietro per impettirmi. Il satiro che stavo imparando a voler bene apparve esattamente al momento giusto, e io presi un bicchiere dal suo vassoio.

«Idem,» mi limitai a rispondere, poi bevvi un lungo sorso dal bicchiere. «Goditi la serata,» conclusi freddamente, poi mi allontanai da lei mentre la sua espressione si trasformava in un cipiglio. Desideravo disperatamente che Ecate fosse lì per darmi il cinque, o almeno che Skop definisse Minte in modi scortesi, ma per il momento avrei dovuto accontentarmi dell'ondata di orgoglio che mi investì. Conoscevo quel tipo di ragazza in tutto e per tutto. E, anziché fare la codarda, avevo tenuto duro. Potevo farcela.

Quando finalmente individuai la donna con la maschera decorata dalla piuma blu e dal pizzo bianco, erano passati altri dieci minuti e la sabbia aveva raggiunto le cosce dell'uomo svenuto. Serpeggiai tra la folla per salutare la bruna minuta, che a quanto pareva si chiamava Selene, scrutando attentamente la sua maschera. Una folta piuma blu si arricciava verso l'alto dal lato sinistro per quasi un metro, e un intricato merletto di pizzo bianco bordava i contorni. Era molto bella, ma mi accorsi con un brivido che non avevo idea di cosa avrei dovuto fare, ora che l'avevo trovata. *Basta chiederlo a lei! Chiedile il prossimo indizio!* Ma se questo fosse stato considerato inappropriato e fossi stata squalificata? Non potevo correre rischi del genere, se c'era in gioco la vita di qualcun altro. «È un anello stupendo,» dissi automaticamente, indicando l'enorme gemma bianco latte sul suo dito delicato, mentre pensavo a cosa fare dopo.

«Grazie,» mi sorrise. «È una pietra di luna.»

«Che bella,» risposi. Le sue parole erano un indizio?

«Tieni, perché non lo provi?» Si sfilò l'anello e io cominciai a dirle che non mi sarebbe mai stato, quando notai lo sguardo intenso nei suoi occhi.

«Grazie,» dissi, e allungai la mano. Con un piccolo *puff*, l'anello si trasformò in un'altra pergamena nel momento stesso in cui Selene me lo posò sul palmo.

«Non c'è di che,» mi rispose sorridendo, poi si allontanò per parlare col suo attraente partner. Srotolai in fretta la pergamena.

In una stanza piena di forme regolari
    Questo recipiente insolito conterrà quello fatto d'uva

'Fatto d'uva' doveva indicare il vino, pensai. E il recipiente doveva essere un calice o un bicchiere. Quindi stavo cercando un bicchiere da vino dalla forma insolita? Istintivamente, guardai nel punto in cui era Dioniso, circondato da donne alte, con la sua camicia di paillettes che catturava la luce delle torce. Non aveva nemmeno un bottone sbottonato, e non potei evitare il sorrisetto che mi spuntò sulle labbra. Skop era ai suoi piedi e, da dove mi trovavo, sembrava stesse guardando dritto sotto la gonna di una bella driade. Alzai gli occhi al cielo, poi scrutai le loro mani. Tutti i loro bicchieri mi sembravano normali.

Passai con disinvoltura tra gli ospiti, sorridendo e cercando di ricordare vagamente i loro nomi mentre osservavo i bicchieri nelle loro mani. Non ricordavo di aver visto un solo calice dalla forma strana, fino a quel momento. Dopo uno sguardo nervoso verso la clessidra, mi misi a pensare intensamente. Dove avrei trovato più bicchieri da vino? Nelle cucine?

Mi ci vollero alcuni istanti per capire da dove apparivano e scomparivano i satiri e le ninfe che servivano gli ospiti, ma mentre osservavo mi accorsi che una delle pareti della stanza non era decorata con stelle scintillanti, bensì con una massa d'ombra che oscurava ogni dettaglio. Mi ci avvicinai lentamente e, con mio grande fascino, più mi accostavo e meno riuscivo a vedere.

«Ci so fare con luci e ombre,» disse una voce morbida come la seta, e un uomo molto alto uscì dall'oscurità. Era alto almeno due metri e mezzo, ma incredibilmente snello. Aveva la pelle d'onice, la testa calva e indossava una lunga veste nera.

«Vedo che il nero ti dona,» dissi gentilmente. Lui chinò la testa verso di me.

«Posso aiutarti?» mi chiese.

«Oh, io, ehm... volevo controllare il personale.»

«E perché?» Inclinò la testa, i suoi occhi oscuri mi sondarono. Lo trovai decisamente inquietante.

«A una buona padrona di casa piace essere consapevole di sapere tutto,» risposi sorridendo. «Non credo di aver avuto il piacere di conoscere il tuo nome.»

«Sono Erebo,» disse.

«Persefone,» risposi, tendendogli la mano. Lui non la prese, così la ritrassi goffamente.

«Erebo,» ripetei, scervellandomi. «Sono nuova, qui all'Olimpo, quindi perdonami se sbaglio, ma sei il dio delle tenebre?»

«E delle ombre, sì,» confermò.

«Vivi negli Inferi?»

«Sì. Ade è il mio padrone.»

«Quindi starai seguendo con attenzione questa competizione,» osservai sorridendo.

«L'intero Olimpo la sta seguendo con attenzione. Sono affamati di intrattenimento.» Il suo tono era secco e sarcastico, e mi fece venire voglia di allontanarmi da lui.

«Beh, devo andare a dare un'occhiata al personale. È stato un piacere conoscerti,» dissi.

«Avrai bisogno di un permesso speciale per attraversare le ombre.»

«Oh. E chi mi dovrebbe concedere questo permesso?» chiesi a denti stretti, anticipando già la risposta e sentendo l'irritazione crescere dentro di me,

Mi rivolse un sorriso inquietante.

«Sarei io.»

C'era un uomo che stava affogando nella maledetta sabbia alle mie spalle, e quest'idiota voleva giocare? Mi spalmai in faccia il mio sorriso più accogliente.

«Posso attraversare le ombre, per favore? Vorrei controllare il menù del banchetto e le scorte di vino.»

«Ma certo che puoi,» disse accompagnando le parole con un gesto teatrale verso il vuoto davanti a me.

«Te ne sono grata,» mentii, e mi inoltrai nell'oscurità.

VENTUNO

Sbattei le palpebre alla luce intensa, abituando gli occhi all'atmosfera diversa da quella delicata della sala dal ballo e il buio pesto delle ombre. Proprio come nelle cucine del mio mondo, i lunghi banconi di acciaio erano ricoperti di ciotole e piatti, e c'era movimento ovunque guardassi. Ninfe e umani con indosso grembiuli bianchi sistemavano il cibo nei piatti, facendo avanti e indietro tra i banconi e un enorme distesa di forni d'argilla in fondo alla stanza, gridando ordini l'uno all'altro sopra il tintinnio e il chiacchiericcio. Inspirai profondamente e, con mia grande gioia, sentii l'odore degli hot-dog. Guardai alla mia destra e vidi file e file di bicchieri diversi, che venivano riempiti dalle ninfe con bevande di vario genere, davanti camerieri intenti a riempire di nuovo i loro vassoi. Mi avvicinai a loro, con i tacchi che battevano sul pavimento di piastrelle.

«Scusami,» dissi, e la ninfa dalla pelle rosa a cui mi rivolsi alzò lo sguardo, smise di versare il contenuto della bottiglia e squittì. «Non volevo spaventarti,» mi affrettai a dire mentre lei rovesciava qualcosa di blu e frizzante sul bancone.

«Di cosa ha bisogno, signora?» mi chiese evitando il mio sguardo, affrettandosi a pulire il liquido versato.

«È una domanda strana, temo, ma ci sono dei bicchieri da vino di forma strana?» I suoi occhi scattarono sui miei e inclinò la testa.

«In effetti, sì. È uno solo ed è stato portato qui circa mezz'ora fa. Abbiamo pensato che dovesse appartenere a qualcuno degli ospiti, visto che non è uno dei nostri.»

«Posso vederlo, per favore?»

«Certo, mia signora.» Si allontanò in fretta dietro una fila di alti mobiletti di metallo e tornò meno di un minuto dopo con un bicchiere da vino quadrato. La base, il gambo e la coppa avevano tutti angoli retti perfetti.

«Che strano,» dissi prendendolo dalle sue dita. Rimase a bocca aperta quando il bicchiere sparì con un *puff* e venne sostituito da una piccola pergamena. Il sollievo e l'eccitazione mi attraversarono. *Due sono andati, ne rimangono altri due.* «Grazie per il tuo aiuto,» dissi alla ninfa sorridendole.

«Non c'è di che, mia signora,» rispose lei nervosamente mentre io mi voltavo per tornare di corsa verso il muro di ombre da cui ero entrata. Srotolai la pergamena camminando, leggendola velocemente.

La cosa più desiderata di questa settimana.
Non c'è altro modo per arrivare al ballo.

Non c'è altro modo per arrivare al ballo? Attraversai le ombre e per un breve secondo fu impossibile non notare quanto fosse bella la sala da ballo, con la sua luce soffusa e brillante e gli ospiti straordinariamente mascherati che volteggiavano e ondeggiavano al ritmo della musica. Riportai l'attenzione sulla pergamena. La cosa più desiderata di questa settimana? Che cosa avrebbe voluto la gente per venire al ballo, quella settimana? La risposta mi venne subito in mente. *Un invito.* Doveva essere quello. Scrutai la stanza alla ricerca di Edoné e il mio cuore fece una piccola capriola quando finalmente la vidi insieme a Morfeo che parlava con Ecate. La mia amica era uno schianto, con una tuta di pelle bianca che sembrava dipinta sulla sua pelle e un rosa neon che le attraversava l'alta coda di cavallo. Sembrava uscita dagli anni Ottanta. Mi precipitai verso di loro.

«Persy!» esclamò lei quando la raggiunsi, e si sporse per darmi un bacio sulla guancia. Era consentito, quello? Edoné non ne aveva parlato. Lanciai un'occhiata alla dea sensuale e lei mi rivolse un sorriso rassicurante. «Sei sexy da morire!» Esclamò Ecate, indietreggiando un po' per guardarmi dalla testa ai piedi. Le sorrisi in risposta.

«Sono felice di vederti, Ecate,» dissi in tono formale. Ecate alzò gli occhi al cielo.

«Oh Dèi, stasera devi fare la ragazza perbene. Meglio tu che io, però.» Quello che avrei voluto dirle era '*hanno messo un uomo innocente in una dannata clessidra e lo uccideranno se non vinco uno stupido gioco, che razza di problema avete voialtri,*' ma invece mi limitai a scrollare le spalle.

«Mi avevi avvertita,» dissi sorridendole. Dovetti formulare con attenzione la domanda successiva. Non volevo infrangere il divieto delle domande dirette, quindi ero già inventata uno stupido motivo per chiederle ciò che mi serviva. «Edoné, non ho mai visto gli inviti per il ballo e vorrei solo controllare a che ora dovrebbe arrivare la prima portata del banchetto. Non è che per caso ne hai uno con te?»

Edoné mi rivolse un sorriso dispiaciuto e abbassò lo sguardo sul suo abito nero aderente. La faceva sembrare formosa come quella dannata clessidra.

«Non c'è posto per infilare un invito in questo abito,» disse, con la voce roca in qualche modo accentuata. «Mi dispiace.» Proprio mentre il mio cuore cominciava a spezzarsi, Morfeo parlò.

«Io ne ho uno,» disse, e allungò una mano nella tasca interna della sua giacca blu navy. Era una delle poche persone che indossavano abiti del mio mondo. Si accigliò mentre frugava, e nel frattempo io trattenevo il respiro, speranzosa. «Aha!» esclamò alla fine, e mi porse un pezzo di carta.

«Grazie!» gli dissi e, prima che potessi leggere le parole impresse in oro, l'invito svanì con un *puff*, sostituito da una quinta pergamena. Ecate sollevò le sopracciglia e io le rivolsi un rapido sorriso. «Ci vediamo a cena!» dissi e mi allontanai da loro, srotolando la carta. Il mio cuore prese a battere più veloce. Avevo trovato tre indizi, e l'ultimo, forse, sarebbe stato abbastanza facile da trovare. Lanciai uno sguardo all'uomo nella clessidra. La sabbia aveva superato i fianchi e si stava avvicinando rapidamente al petto. Guardai di nuovo la pergamena, e fui percorsa da una scarica di adrenalina che mi costrinse a concentrarmi.

Sereno e melodico, per sollevare gli animi
  Apollo ed Ermes hanno fatto al mondo questo dono

· · ·

Non riuscii a trattenere il gemito che mi sfuggì dalle labbra. Gli ultimi tre indizi erano stati abbastanza ovvi, ma questo... Sereno e melodico si riferiva alla musica, probabilmente. Guardai la predella. La suonatrice d'arpa era stata affiancata da una pletora di musicisti, e non sapevo nemmeno come si chiamava la metà degli strumenti che vedevo. *Merda*. Dovevo parlare con Apollo o Ermes.

Ricordando ciò che Edoné mi aveva accennato sul fatto che Apollo fosse squallido tanto quanto Zeus, e memore delle parole sinceramente amichevoli che Ermes mi aveva rivolto quando ero stata presentata agli dèi, mi sembrò chiaro chi avrei dovuto cercare. Scrutai la folla alla ricerca del dio dai capelli rossi. Tutti gli Olimpici, a parte Ade, si distinguevano: ognuno di loro brillava leggermente rispetto agli altri ospiti, ed erano completamente circondati da persone mascherate e adoranti. Di conseguenza, non mi ci volle molto per individuare Ermes. Sorrisi e feci un cenno di saluto agli esseri che lo circondavano, cercando di non far trasparire il panico che mi assalì quando sfiorai accidentalmente una cosa molto pelosa con dieci braccia.

«Persefone! Gran bella festa,» mi disse Ermes sorridendo quando finalmente riuscii ad arrivargli davanti. I capelli e la barba, tagliati radi, scintillavano nella luce soffusa e la sua maschera elaborata era della stessa tonalità rosso brillante, con una piuma gialla. Indossava una tradizionale toga nera che, come quella di Zeus, mostrava gran parte del petto. Feci un inchino.

«Sono onorata di considerarti mio ospite,» gli dissi con

rispetto. Lui lanciò un'occhiata alla folla ancora accalcata vicino a noi e all'improvviso il chiacchiericcio della sala si spense. Era come se avessi dei tappi per le orecchie.

«Io e te eravamo amici, una volta. So che non te lo ricordi, ma non lo dimenticherò,» disse Ermes, con la voce cristallina e l'espressione amichevole e allegra. Non appena finì di parlare, i suoni della sala da ballo tornarono a riempire l'aria, con gli strumenti a corda che diffondevano una melodia dolce e rilassata tra il vociare. Sorrisi a Ermes.

«Speravo di poterti chiedere che tipo di cose presidi come dio,» dissi. Dovevo stare molto attenta a quanto fossero dirette le mie domande. Non credevo di poter chiedere qualcosa sugli strumenti musicali, quindi avrei dovuto far ruotare la conversazione attorno a essi. Questo sarebbe stato un banco di prova per la mia abilità di conversare alle feste, pensai, cercando di non alzare gli occhi al cielo. Fottuti dèi pretenziosi e stronzi.

«Spara pure,» disse Ermes, e bevve un lungo sorso da un boccale.

«Beh, so che sei il dio messaggero e che a volte lavori per Ade raccogliendo anime,» dissi, recitando quello che ricordavo dai miei studi classici. «E so che sei famoso per i tuoi scherzi.» Ermes ridacchiò.

«Lo sono di sicuro. Quel tuo piccolo amico kobaloi è un giocherellone proprio come me.»

«Per quanto ne so, non mi ha ancora fatto nessuno scherzo,» risposi.

«No, immagino che non gli sia permesso. Ma ha una storia piuttosto colorita,» disse Ermes con gli occhi scintillanti di malizia.

«Allora, di cos'altro ti occupi?» chiesi.

«Dei ladri e della ricchezza,» rispose, facendo danzare le sopracciglia. «Il tuo Ade, però, ha accesso a tutti i minerali e le gemme del mondo sotterraneo, quindi tecnicamente è più ricco di me. Ma chi non ama un piccolo furto, ogni tanto?»

Alzai le sopracciglia, cercando di ignorare l'espressione *'il tuo Ade'*.

«Ruberesti al Signore degli Inferi?» Ermes scoppiò a ridere.

«Rubo a tutti, cara ragazza! In effetti, sono entrato a far parte degli Olimpici solo perché Zeus era così impressionato dal fatto che avevo rubato ad Apollo e l'avessi fatta franca!»

Apollo? Costrinsi il mio volto a rimanere impassibile mentre sentivo l'eccitazione ribollire in me. Ermes gli aveva rubato uno strumento?

«Cosa gli hai rubato?» chiesi tutto d'un fiato.

«Il suo pregiato bestiame,» sospirò Ermes, fissando malinconicamente in lontananza. Sentii le spalle afflosciarsi sotto la delusione che mi stava assalendo. «Bei tempi, quelli.»

«Oh.»

«Si era infuriato. Mi sono fatto perdonare solo facendo leva sul suo amore per la musica.»

«Musica?» La mia attenzione tornò al dio.

«Sì. Inventai la lira e gliela feci ascoltare. Gli piacque così tanto che mi perdonò in cambio dello strumento.»

«La lira,» dissi espirando. Doveva essere quella. Mi voltai verso la predella, cercando di individuare una lira nelle mani di uno dei musicisti. Ma come avrei fatto a trovare un modo discreto per salire sul palco e metterci le mani sopra? Non potevo nemmeno essere sicura che qualcuno lassù ne avesse una.

«Sì. L'ho creata con un guscio di tartaruga e pezzi di budella di pecora. Non credo che qualcuno lassù ne sarebbe tanto felice,» disse Ermes ridendo, guardando laddove si era posato il mio sguardo. La sua risata si interruppe bruscamente e lo osservai mentre spalancava gli occhi. «Mi è appena venuta una grande idea. Guarda qui,» ghignò. L'aria sopra le sue mani tremolò e dal nulla apparve un grande guscio di tartaruga vuoto con una viscida corda rossa legata alle due estremità superiori. Mi irrigidii a causa dell'odore e feci un passo indietro. «Corde di budella di pecora,» disse lui, con gli occhi brillanti.

«Cosa stai–» iniziai a chiedergli ma, dopo un altro gesto della sua mano, lo strumento svanì e venne rimpiazzato da una lira di legno splendidamente intagliato. Ci furono un guaito e un suono stridente, perciò la mia attenzione si spostò sul palco. Una donna in piedi tra i musicisti aveva tra le mani l'altra lira, quella di guscio di tartaruga, e fissava il rosso che le tingeva i polpastrelli con disgusto e confusione. «Le– le hai scambiate!» Ermes cominciò a ridere, una risatina contagiosa che non potei fare a meno di emulare. «È disgustoso! E completamente ingiusto!» balbettai tra una risata e l'altra.

«Certo che lo è,» rispose Ermes, e mandò giù il suo drink. «Ma lo trovo anche molto divertente. Ho bisogno di un altro di questi,» disse, sollevando il bicchiere vuoto. «Posso lasciarti a risolvere la questione? Uno dei doveri di una buona padrona di casa è quello di sistemare i guai degli altri.» Mi porse la lira con un occhiolino.

«S-sì!» dissi, facendo del mio meglio per non strappargliela di mano. Non appena la toccai, sparì con un *puff* per lasciare il posto a una piccola sfera di metallo.

«A-ha!» esclamò Ermes. «Sono davvero felice di averti

aiutata! È stato breve, ma è stato un piacere, Persefone,» disse raggiante, poi si allontanò da me.

VENTIDUE

Giravo la pallina di metallo tra le mani, con la speranza e l'attesa che mi assalivano. Onestamente, se non ci fosse stato un uomo svenuto che annegava nella sabbia, il test sarebbe stato piuttosto divertente. La sfera aveva tre anelli incisi intorno, ma a parte questo non mi dava alcun indizio. Cosa avrei dovuto farci?

Gli indizi porteranno a una chiave per sbloccare la clessidra, aveva detto il commentatore. E fu proprio la clessidra che guardai. La sabbia cadeva appena oltre le spalle dell'uomo. La sfera non assomigliava a nessun tipo di chiave che avessi mai visto, ma questo non significava nulla. Questo posto era quanto di più strano potesse esistere.

Camminai velocemente verso la clessidra, scusandomi con le persone che si avvicinavano per parlarmi.

«Mi dispiace, ci metterò un attimo,» dissi gentilmente, più e più volte, facendo raddoppiare il tempo che impiegai ad attraversare la sala. Stupide buone maniere. Alla fine, riuscii a raggiungere la clessidra. Nella stanza calò il silenzio e il nervosismo mi assalì mentre mi guardavo alle spalle: mi guardavano tutti, ormai consapevoli di dove stessi andando. Avevano capito che avevo seguito tutti gli indizi ed ero riuscita a ottenere la chiave. Non potevo farlo con naturalezza, ma sicuramente non mi avrebbero squalificata. Il commentatore aveva detto che dovevo sbloccare la clessidra. Mi fermai, trattenendo il respiro e aspettando che la sua roboante voce mi rimproverasse, ma ci fu solo il suono dell'arpa a riempire la stanza. Mi accovacciai, e il sollievo che provai ebbe durata breve. La struttura della clessidra sembrava fatta di ottone, compresa la spessa base che recava al centro un'ampia targa. In essa, c'erano due fori rotondi e una breve iscrizione sotto ciascuno di essi.

Innocente e *colpevole*.

Mi accigliai. Cosa voleva dire? Gli aggettivi si riferivano all'uomo all'interno, forse? Mi alzai, scrutando attraverso il vetro il volto addormentato dell'uomo. Aveva profonde pieghe intorno agli occhi, ma era troppo giovane perché fossero rughe di vecchiaia. Aveva i capelli color sabbia, ordinati e corti. Come potevo sapere se era colpevole o innocente? E di che cosa, poi? Emisi un sibilo di fastidio e presi un respiro profondo. Doveva pur esserci un indizio, da qualche parte. Nemmeno questi stupidi dèi avrebbero reso irrisolvibile un rompicapo.

Appoggiai le mani sul vetro e guardai di nuovo l'uomo. Mi resi conto che portava qualcosa al collo. Era su una fascia di cuoio, un oggetto piccolo e di metallo, come una sorta di ciondolo. Sembrava... una piuma? Socchiusi gli occhi per cercare di vedere i dettagli attraverso il vetro leggermente deformato, mentre la sabbia cominciava a coprire la gola e la collana dell'uomo. Alla fine, capii che si trattava di un *pugnale*. Perché avrebbe dovuto avere un ciondolo a forma di pugnale intorno al collo? Significava qualcosa, nell'Olimpo? Irrigidii la mascella. In quanto forestiera, ero ancora una volta in svantaggio. *Pensa, Persefone.* I pugnali non vengono associati all'innocenza, di solito. Possibile che la risposta fosse così estrema?

Il pensiero di ritenere un estraneo colpevole di qualsiasi cosa mi fece sentire a disagio. Purtroppo, però, si trattava comunque di uno stupido gioco di quegli Olimpionici stronzi a cui ero stata costretta a partecipare. Feci un respiro profondo. Per tutto il tempo avevo pensato al ragazzo nella clessidra come a uno spettatore innocente, messo in mezzo per divertimento. Ma se gli dèi non fossero stati così crudeli? E se avessero davvero scelto qualcuno che se lo meritava? Non che fossi convinta che qualcuno meritasse di morire affogato nella sabbia.

Con un movimento rapido, prima che potessi convincermi a non farlo, lasciai cadere la piccola sfera nella buca 'colpevole'. Sentii un rotolare metallico e poi un *click*. Feci un passo indietro, con il cuore che mi batteva forte e gli occhi puntati sulla clessidra. Dapprima lentamente, poi più velocemente, la sabbia cominciò a muoversi nella direzione opposta, risalendo la piccola fessura da cui era uscita più velocemente di quanto avrebbe dovuto.

«Congratulazioni, Persefone!» La voce del commentatore mi fece sobbalzare. «Hai appena salvato la vita di un condannato per omicidio!»

«Cosa?» Mi voltai per guardare il biondo, in piedi solo tre metri dietro di me.

«Quest'uomo, che fa parte della Confraternita dei Titani, ne ha uccisi più di cinquanta, prima di essere consegnato alla giustizia dal valoroso Teseo,» disse raggiante, indicando con un gesto il bellissimo ragazzo con i dread che avevo conosciuto prima. La sala scoppiò in un applauso e Teseo sorrise a tutti, alzando il bicchiere. «Faremo una breve pausa per il banchetto, poi avrà inizio la seconda prova. Buon divertimento!»

Ecate si avvicinò a me con il bicchiere alzato, mentre tutti si voltavano verso i propri partner e chiacchieravano animatamente.

«Bel colpo, Persy,» disse quando mi raggiunse.

«È un assassino?» le chiesi a bocca aperta.

«Già,» scrollò le spalle. «Qual è il problema?»

Aprii e chiusi la bocca diverse volte. Non ero sicura di quello che volevo dire, solo che in qualche modo tutto questo era davvero sbagliato.

«Non è così che trattiamo i criminali nel nostro mondo,» dissi alla fine.

«Beh, se questo ti offende, ti scoraggerei dal visitare alcune delle zone più oscure degli Inferi,» disse lei, sollevando un sopracciglio. «Gli Olimpici sono piuttosto noti per infliggere punizioni pittoresche ai colpevoli.» Emisi un sospiro e cercai il cameriere satiro. Avevo bisogno di un altro po' di quel vino frizzante.

«Signora,» disse una vocina, e un vassoio apparve dal nulla.

«Grazie,» dissi, e presi un bicchiere. «Come fanno a sapere quando vogliamo un drink?»

«È il loro lavoro e sono bravi a farlo. A proposito, hai completato la prima prova velocemente. I giudici dovrebbero esserne impressionati.»

«Mmh,» dissi, prendendo un lungo sorso del mio bicchiere. Grazie agli dèi per averci dato l'alcool. Anche se, alla velocità con cui stavo bevendo, non sarei stata abbastanza sobria da durare fino alla fine di tutte e tre le prove.

Guardando oltre le spalle di Ecate notai che erano apparsi molti tavoli rotondi, ornati da tovaglie rosso scarlatto e ciascuno apparecchiato per otto ospiti. Provai un enorme sollievo per aver seguito il galateo del banchetto quando vidi il numero di pezzi di argenteria che circondavano i grandi piatti e le ciotole nere. Un forte gong suonò e i convitati cominciarono a dirigersi verso i tavoli.

«Tavolo d'onore,» disse Ecate, mentre io muovevo la testa da una parte all'altra, cercando di capire come facessero a sapere dove sedersi. «Sei al tavolo d'onore.» Indicò un tavolo di forma oblunga al centro della stanza.

«Tu dove sei seduta?» le chiesi.

«Con te,» mi sorrise. «Sono i vantaggi di essere l'impiegata preferita del capo.»

«Grazie agli dèi,» sospirai. Avere un volto familiare vicino avrebbe sicuramente aumentato la mia sicurezza.

«Ben fatto, hai detto 'dèi'!» Ecate fece tintinnare il suo bicchiere contro il mio con un sorriso in volto. «Stiamo facendo progressi.»

«A proposito di dèi... Saranno seduti con noi al tavolo d'onore?»

«No, loro non mangiano con noi, gente inferiore. Il banchetto con gli dèi è il massimo segno di rispetto che un cittadino possa ricevere.»

«E il pranzo con un dio?» mi affrettai a chiedere, pensando alle ciambelle che avevo mangiato sulla cima della montagna, da Zeus. Era impossibile che volesse mostrarmi rispetto, no? Ecate rise, presumibilmente per l'espressione confusa che dovevo avere in volto.

«Non preoccuparti, un dio che cerca di entrare nelle tue mutande servendosi di un piccolo rinfresco non è la stessa cosa. Io parlo di banchetti, come questo, con tutti loro.»

«Allora dove mangiano?» chiesi mentre ci dirigevamo al nostro tavolo.

«Chi lo sa? O chi se ne frega?» scrollò le spalle, indicando una sedia. Sul piatto color onice vidi una graziosa scritta che indicava il nome Persefone. Ecate si spostò dall'altra parte del tavolo e si accomodò, e io rimasi in piedi come mi era stato insegnato. Dovevo accogliere tutti gli ospiti del mio tavolo.

«Persefone, è un piacere conoscerti,» disse un uomo, allungando la mano verso la mia. Schiusi le labbra e sentii uno strano calore infiammarmi il viso quando le mie dita toccarono le sue. Era *bellissimo*. E non misteriosamente bello come Morfeo, o attraente come Zeus, ma splendido da far cadere le mutande, da bava alla bocca, da far girare la testa. Aveva il fisico di un giocatore di football, e indossava una camicia bianca che risaltava le spalle larghe; i pantaloni a vita bassa, invece, attirarono inesorabilmente il mio sguardo sui suoi fianchi. Riportai l'attenzione sul suo viso, dove i capelli biondo cenere si arricciavano intorno alle orecchie e gli occhi brillavano di blu.

«S-salve,» balbettai. «Grazie per essere venuto.»

«Non me lo sarei perso per nulla al mondo,» mi disse raggiante, e giuro che mi tremarono le gambe. Le sue labbra carnose erano ipnotizzanti. Iniziò ad avvicinarsi a una sedia, ma lo fermai.

«Non ho capito come ti chiami,» mi affrettai a dire.

«Oh, mi dispiace, non mi è permesso dirtelo.» Mi rivolse un sorriso dispiaciuto.

«Perché mai?»

Scrollò le spalle.

«Prenditela col gioco, non con i giocatori,» disse facendomi l'occhiolino. La mia iniziale simpatia nei suoi confronti svanì, e repressi un ringhio. Cosa avevano intenzione di combinare, quei bastardi? Faceva parte della prova?

Uno dopo l'altro, gli ospiti mi si avvicinarono, baciandomi la mano o inchinandosi educatamente, ma nessuno di loro mi disse il proprio nome. L'unica che riconobbi tra i cinque ospiti fu la donna che indossava la maschera con la piuma blu e il pizzo bianco. Cercai di ricordare il suo nome, ma mi si erano presentate così tante persone, quella sera, che non riuscivo a rammentarlo.

«Che il banchetto abbia inizio!» disse una voce e, in ogni piatto, apparve un colorato assortimento di frutta. Mi sedetti sulla sedia, scelsi la forchetta giusta tra quelle disponibili e feci un bel respiro. Non avevo intenzione di abbassare la guardia neanche per un secondo: stava succedendo qualcosa, ne ero sicura.

VENTITRÉ

«Allora,» dissi, il più allegramente possibile. «Da dove venite?» Mi voltai verso la donna seduta alla mia destra. Era di bell'aspetto, come tutti i presenti al ballo, con stretti riccioli d'argento che le ricadevano sulle spalle e un filo di lentiggini sulle guance piene.

«Leone,» mi rispose sorridendo. Leone. Il regno di Zeus.

«Sei una dea?» chiesi.

«Tutti qui sono dèi. Tranne te.» Mi voltai verso la donna che aveva parlato. Sedeva accanto a Ecate, che la stava fulminando con lo sguardo. La sua maschera era nera e rossa, con linee decise a separare i colori, e non potei fare a meno di pensare alle maschere del wrestling messicano. Aveva una montagna di capelli ricci e neri acconciati in testa e indossava un abito da ballo con un aderente corsetto che accentuava il suo enorme seno. Ci volle uno sforzo notevole per non fissarlo.

«Di cosa ti occupi, come dea?» le chiesi con un sorriso forzato.

«Non posso dirtelo,» fece spallucce, e infilzò un pezzo

di salmone. Ovviamente, avevamo smesso di mangiare frutta. «Cos'è questo? Viene dal tuo mondo di merda?»

Sentii un tic all'occhio, ma mantenni il sorriso incollato in faccia.

«È salmone affumicato. E sì, è piuttosto popolare nel mondo dei mortali.»

«Beh, ha un sapore davvero orribile,» disse lei.

Inspirai lentamente dal naso e mi voltai verso l'unico altro uomo al tavolo, che non aveva ancora detto una parola. Era la persona più modesta che avessi visto al ballo. Era di stazza normale, indossava una toga tradizionale che non mostrava troppo il petto, aveva i capelli castani ricci e corti, e una semplice maschera d'argento senza piume né altri ornamenti. Aveva un'espressione impassibile su un volto dimenticabile.

«Ehilà. Tu da dove vieni?» gli chiesi. Spostò lo sguardo dal suo cibo per incontrare il mio e sentii un fuoco prendere vita dentro di me. Le urla mi trafissero il cranio, prima lontane poi più forti, mentre le fiamme mi lambivano la vista. Poi, con la stessa rapidità con cui erano arrivate, i pensieri si ritirarono, lasciandomi con le nocche bianche e le dita strette intorno alle posate e completamente all'oscuro di cosa mi avesse appena detto. «M-mi dispiace, puoi ripetere?» dissi, sbattendo le palpebre, con il cuore che galoppava. Ade si era appena arrabbiato con qualcuno, ovunque fosse? Perché questo avrebbe dovuto influenzarmi se nemmeno era qui?

«Vengo da un luogo che ancora non conosci,» disse il tizio con un'espressione ancora neutra, eppure notai che, negli occhi marroni, turbinava qualcosa di veramente ultraterreno. Qualcosa di *oscuro*. Aveva provocato lui le mie allucinazioni?

«Oh,» dissi, non sapendo cos'altro dire.

«Per gli dèi, sembri così melodrammatico,» gli disse la donna dalle tette grosse, alzando gli occhi al cielo. L'uomo le rivolse un sorriso appena accennato e continuò a mangiare il suo salmone. Lei, invece, emise un sospiro esagerato. «Sarò sincera con te, Persefone, sono un po' delusa.»

«Mi dispiace sentirlo,» dissi, cercando di non digrignare i denti. «Come posso migliorare la tua serata?»

«Beh, speravo che Oceano fosse qui. C'è un grande evento la prossima settimana, e si dice che lui stia organizzando tutto. Volevo avere qualche informazione dell'interno.» Dietro la maschera, i suoi occhi brillavano d'ambra e più li guardavo, più mi infastidiva.

«Anch'io avrei tanto voluto che Oceano fosse qui, ma temo di non poter controllare i Titani.»

«Beh, sembri piuttosto amichevole con questa qui,» disse, indicando Ecate con il pollice.

«Aspetta, cosa?» Fissai Ecate mentre mandava giù il suo boccone e scrollava le spalle. «Sei un Titano?»

La donna dal seno enorme sbuffò una risata.

«È uno degli esseri più potenti in questa stanza, certo che lo è.»

«Perché non me lo hai detto?» le chiesi. Non sapevo bene perché fosse importante, ma in qualche modo lo era. Mi sentivo tradita, anche se non aveva alcun motivo per menzionare la sua natura. Ma i Titani non dovevano essere tutti in una fossa di tortura, no?

«Ehm, forse perché non me l'hai mai chiesto.» «E che importanza ha?»

«Oh, Ecate, anche i patetici mortali del mondo umano sanno che i Titani sono dei perdenti,» disse la tettona. La fulminai con lo sguardo, ma Ecate tossì e mi guardò.

«Discendo dai Titani, sì. Ade dà lavoro a molti Titani.

Passiamo ad altro, che ne dici? Come sta tua madre?» Si voltò verso il bell'uomo, che era raggiante per l'hot-dog appena comparso nel suo piatto.

«Che cos'è?» mi chiese guardandomi.

«È un hot-dog,» gli dissi, con il viso che arrossiva non appena posavo lo sguardo sulle sue labbra.

«E la roba gialla?»

«Mostarda.» Prese il coltello e mi scappò una risatina.

«No, si fa così,» dissi, e presi in mano il mio hot-dog. Aveva un sapore divino che mi fece pervadere dalla nostalgia. *Sarei tornata a casa molto presto.* Tutti intorno al tavolo presero il proprio hot-dog e cominciarono a mangiare, emettendo mormorii di apprezzamento.

«Mamma sta benissimo, grazie,» disse improvvisamente il tipo sexy, rivolgendosi a Ecate. «Non vedeva l'ora che arrivasse stasera. Credo abbia in programma qualcosa per dopo.»

«Chi è tua madre?» chiesi.

«Ah, dolce Persefone, mi sembra così meschino che non mi sia permesso rispondere a nessuna delle tue domande,» disse, e qualcosa mi tremò nello stomaco quando mi guardò. «Immagino che non possa essere considerato imbrogliare, se ti dico che è una degli Olimpici,» aggiunse poi, facendomi un altro occhiolino. *I ragazzi che fanno l'occhiolino non sono il tuo tipo. I ragazzi che fanno l'occhiolino non sono il tuo tipo.* Mi aggrappai a quella cantilena che mi ripetevo mentalmente e gli rivolsi un cenno di ringraziamento.

«Allora, hai vissuto a New York?» disse la donna con la maschera blu che avevo conosciuto poco prima.

«Sì, la conosci?» le chiesi, entusiasta. Era la prima volta che qualcuno nominava qualcosa che apparteneva a casa mia.

«Sì, molto bene. È un regno che si anima di notte.» Mi piaceva l'idea che New York fosse un regno a sé stante e le sorrisi calorosamente.

«Beh, se vincerai le Prove dell'Ade, potrai dire addio alla città illuminata dalla luna,» disse la tettona. «Anzi, potrai dire addio anche alla luce del sole.»

Perché quella donna era una tale rompiscatole? Scommisi che era una di quelle di cui mi aveva avvertita Edoné, che più tardi se la sarebbe svignata con qualche uomo sposato. Giurai sulla mia stessa vita che non l'avrei mai coperta.

All'improvviso, suonò di nuovo il gong, distogliendomi dai miei pensieri quando fu seguito dalla voce del commentatore.

«Buonasera, Olimpo! Spero che gli ospiti si stiano godendo il loro pasto. Beh, dovranno aspettare per il dessert, perché c'è in programma un breve intermezzo... La seconda prova di Persefone!» Una nuova clessidra si materializzò accanto alla prima, che conteneva ancora l'assassino privo di sensi. Scrutai il nuovo vetro, cercando di sbirciare all'interno. Era molto più piccola della prima e sembrava vuota finché, con un luccichio, apparve una donna nella metà inferiore. Era in ginocchio, con la testa inclinata di lato in modo che la massa di capelli scuri le ricadesse sul petto. Mi si strinse lo stomaco e il piacere che avevo cominciato a trarre dal ballo svanì, sostituito da un rinnovato disgusto per questi giochi. Era stato troppo facile dimenticare quanto fossero malate le persone, e avevo cominciato a rilassarmi. Grande errore.

«Come potete vedere, questa è una clessidra più piccola, per cui la sabbia cadrà molto più velocemente. Non hai molto tempo per questa prova, Persefone.» Mi sorrise, poi svanì e riapparve con un piccolo lampo di luce proprio accanto a me. Cercai di non far trasparire il nervosismo dalla mia espressione quando mi porse una sfera dorata. «Per completare questo test e salvare la vita di quella donna, devi smontare questa chiave e abbinare il pezzo giusto all'ospite giusto seduto al tuo tavolo. Non puoi porre alcuna domanda. Pronta?»

«Ehm...» dissi ma, prima che potessi finire di parlare, mi interruppe.

«Bene, cominciamo!»

Istintivamente, guardai la clessidra e mi mancò il fiato, il panico mi assalì quando vidi la velocità con cui la sabbia aveva cominciato a cadere. Il buco al centro era più grande di quello della precedente, e la base della clessidra era già completamente coperta. Non pensavo di avere più di cinque minuti prima che la sabbia raggiungesse la testa della donna. Mi voltai di nuovo verso il tavolo, sollevando la sfera vicino al mio viso. La stanza rimase in silenzio mentre ispezionavo il piccolo globo. Non c'era nulla su di esso, nessun segno o iscrizione o disegno. Cosa avrei dovuto farci? L'ultima aveva tre anelli incisi. Tastai e ruotai ogni lato, immaginando gli anelli dell'ultima sfera. Con mio grande sollievo, sentii uno scatto e un movimento, poi armeggiai con il metallo mentre l'oggetto si disfaceva tra le mie mani. Due pezzi caddero sul tavolo di fronte a me, colpendo il mio piatto con un discreto fragore, e sentii il mio viso accaldarsi. *Comportati come se non te ne fregasse niente*, pensai, cercando di imitare l'atteggiamento impavido di Ecate. *Non importa se il resto dell'Olimpo pensa che sei maldestra; l'importante è che salvi la vita di questa donna.*

Posai tutti i pezzi sul tavolo, rigirandoli tra le dita alla ricerca di indizi. Mi sembrò di aprire un uovo di Pasqua, se non fosse stato per il centro vuoto della sfera. C'erano cinque pezzi, il che aveva senso, dato che al mio tavolo c'erano solo cinque ospiti sconosciuti, più Ecate. Presumevo che non facesse parte della prova, visto che sapevo già chi fosse.

«Aha,» mormorai, mentre sollevavo uno dei pezzi rotti verso il mio viso, desiderando che ci fosse più luce nella sala da ballo. Dipinta all'interno, minuscola e delicata, riuscii appena a scorgere una mezzaluna. Spostando lo sguardo sui miei silenziosi commensali, presi il pezzo successivo e lo guardai da vicino, finché non trovai un piccolo cuore attraversato da una freccia. Controllai gli altri tre pezzi il più velocemente possibile, trovando un piccolo teschio, una ciotola crepata e quella che sembrava una fontana. *Forza, Persefone, risolvi l'enigma.* Cinque simboli per cinque ospiti. Nessuno di loro mi avrebbe rivelato il proprio nome o di cosa si occupasse in quanto divinità. Gli ospiti *dovevano* corrispondere ai simboli. Mi voltai e guardai la clessidra. La sabbia aveva già raggiunto la vita della donna. *Concentrati!*

Beh, il cuore e la freccia erano il simbolo di Cupido, nel mio mondo. Non riuscivo a ricordare il nome in greco, ma sapevo che era il dio della lussuria, nonché il figlio di Afrodite. Non c'era dubbio che dovesse essere quel tipo stupendo, perché questo avrebbe spiegato la conversazione sulla madre Olimpica e il fatto che non riuscivo a parlargli senza immaginarlo mentre mi faceva cose sconce. Presi il pezzo con il cuore e glielo porsi, allungando il braccio verso il lato opposto del tavolo. Mi sorrise mentre lo prendeva e la voce del commentatore tornò a riempire la stanza, nonostante non riuscissi più a vederlo.

«Giusto! Eros, dio del desiderio e del sesso!»

Grazie agli dèi, pensai, ma non provai molto sollievo. Era l'unico facile. *Okay, e adesso?* Il teschio... I miei occhi si diressero verso il ragazzo anonimo. Il tizio il cui sguardo mi aveva fatto vedere il fuoco e sentire le urla. Senza darmi il tempo di ripensare alla mia decisione, gli porsi il pezzo col teschio. Le sue labbra si mossero appena mentre lo prendeva e la voce del commentatore risuonò ancora una volta nella sala.

«Giusto! Thanatos, dio della morte!»

Un brivido mi percorse. Stavo mangiando accanto al dannato dio della morte e non lo sapevo? Accantonai quel pensiero inutile e presi un altro pezzo. La luna. Osservai le tre donne e mi balenò in testa il ricordo di una conversazione avuta proprio quella sera. '*È una pietra di luna,*' mi aveva detto la donna con la maschera blu quando mi ero complimentata per il suo anello.

«Selene!» esclamai ad alta voce quando ricordai il suo nome. Le aveva detto che le piaceva New York perché si animava di notte. Questo la rendeva sicuramente la dea della luna o della notte. Con un respiro profondo, le passai il pezzo di sfera con la luna. Mi rivolse un grande sorriso e stavolta mi lasciai attraversare da un pizzico di sollievo mentre il commentatore parlava di nuovo.

«Giusto! Selene, dea della luna!»

Guardai di nuovo la clessidra. La sabbia stava cominciando a coprire il petto della donna. Avevo ancora pochi minuti, ne ero sicura. I palmi delle mani presero a sudarmi e l'adrenalina mi faceva vibrare le viscere mentre raccoglievo gli ultimi due pezzi. Una ciotola crepata e una fontana. Guardai la giovane e bella donna del Leone e alla cretina con le tette grosse e i capelli orrendi, e mi morsi il labbro. Non sapevo cosa significassero quei due simboli. La ciotola era crepata... Esisteva una dea delle cose rotte? E la fontana... Non poteva essere la dea del mare o dell'acqua, perché quello era Poseidone. Cercai di pensare a fontane famose, ma non mi venne in mente nulla. Cosa poteva significare la ciotola crepata? Poteva forse rappresentare semplicemente il disordine? In tal caso doveva essere una combina guai? *Se sbagli, morirà una donna.* Chiusi gli occhi. Ormai stavo sudando abbondantemente. Non sapevo quale fosse la risposta corretta.

VENTIQUATTRO

Segui l'istinto, Persefone. La giovane donna non corrispondeva certo a qualcosa di rotto. Ma quella scortese e acida, in qualche modo, mi dava quell'impressione. Con un palese sospiro, aprii gli occhi e porsi il pezzo con la ciotola rotta alla tettona. Il cipiglio sul suo volto quando lo prese mi riempì di sollievo: se era accigliata, allora avevo indovinato. Mi voltai e passai l'ultimo pezzo all'altra donna, che sorrise.

«Giusto! Eris, dea della discordia, ed Ebe, dea della giovinezza!»

Ciascuna delle divinità sollevò a turno il proprio pezzo, e li vidi illuminarsi di un tenue colore viola. Dopodiché, i pezzi lasciarono le mani dei proprietari e fluttuarono verso il centro del tavolo. Con una piccola esplosione di luce si ricongiunsero, ma stavolta la sfera d'oro aveva anch'essa i tre anelli incisi intorno. Mi alzai e mi sporsi in avanti, strappando la chiave da dov'era sospesa, e mi precipitai verso la clessidra. La sabbia aveva raggiunto le spalle della donna ed era a pochi centimetri dal mento. Appena raggiunta la clessidra mi accovacciai, alla ricerca del buco in cui infilare la chiave, aspettandomi altre iscrizioni. Ma non ce n'erano. Mi strofinai il volto, cercando il posto in cui posizionare la sfera.

«Dove metto la chiave?» chiesi ad alta voce, mentre il panico cominciava ad assalirmi e mi alzavo in piedi, scrutando disperatamente la struttura della clessidra. Non c'erano buchi, né iscrizioni, niente. La mia domanda fu accolta dal silenzio e i miei occhi si spostarono sul volto della donna. La sabbia le stava superando il mento, e avrebbe coperto la bocca in pochi secondi. «Dove va?» urlai, con lo stomaco così teso da farmi male, mentre iniziavo a passare la mano sul metallo. Quando i miei polpastrelli raggiunsero la parte superiore della clessidra, sentirono uno strano calore e interruppi i miei movimenti frenetici per tastare con più attenzione. Riuscivo a raggiungere appena la sommità, e non avevo modo di vedere cosa ci fosse sopra, ma ero sicura di poter sentire un canale inciso lungo il bordo metallico. Con un ultimo sguardo al volto della donna, mentre la sabbia le seppelliva il labbro inferiore, allungai la mano e spinsi la chiave sulla sommità della clessidra. Trattenni il respiro mentre sentivo il rumore del metallo sul metallo, sicura che fosse il suono della sfera che rotolava. Poi ci fu un altro rumore metallico e la sabbia nel timer cominciò a risalire verso l'alto tutta insieme. Per un secondo pensai che la donna sarebbe stata soffocata da tutta la sabbia che si spostava nella direzione opposta ma, prima che potessi fare qualcosa, la metà inferiore della clessidra era stata ripulita. Mi sembrò mi si fosse bloccato il cuore in gola mentre guardavo il suo petto, e le ginocchia mi tremarono per il sollievo che provai quando finalmente lo vidi muoversi. Stava respirando.

Un fragoroso applauso riempì la sala e sentii Ecate emettere un forte fischio. Che cazzo di problema aveva, 'sta gente? Strinsi i pugni lungo i fianchi, cercando di controllare le mie emozioni. Una persona aveva rischiato di morire e loro applaudivano come se stessero guardando una partita di tennis? Persino Ecate, la mia unica amica in questo mondo, sembrava non capire quanto fosse sbagliato tutto questo. *Ora sei in un altro mondo. Vai avanti, e torna a casa.*

Mi voltai, sapendo che il sorriso che avevo incollato sul volto doveva sembrare più una smorfia, ma non riuscii a fare di meglio.

«È da malati,» dissi a denti stretti, muovendo a stento le labbra sorridenti ma pervasa da un enorme bisogno di pronunciare quelle parole ad alta voce. Mi sentii un po' meglio.

'*Lo so che è così. Ma stai andando davvero bene.*' disse una voce nella mia testa, e il mio sorriso svanì.

'Ade?' Proiettai il pensiero su di lui, usando l'immagine della sua forma fumosa per inviarglielo.

'Sì.'

'Dove sei?' Gli ospiti erano intenti a mangiare enormi ciotole di yogurt gelato, per cui nessuno di loro mi guardava più.

'*Sto osservando.*'

'Tornerai?'

'Sì.'

'Tu... mi hai aiutata con le altre Prove.'

'*Sì. Mangia il dessert.*'

Presi un altro lungo respiro e tornai lentamente al tavolo.

«Bel lavoro, Persefone,» disse Eros.

«Grazie,» gli risposi distrattamente.

«Ooooh, qualcuno non è contento di queste prove,» disse Eris, con gli occhi che lampeggiavano dietro la sua maschera. «Cosa c'è che non va, perfetta Persefone?»

«Sul serio, Eris, dacci un taglio,» disse Ecate, alzando gli occhi al cielo mentre si infilava enormi cucchiaiate di yogurt in bocca. «Persy, questa roba è incredibile. Ora capisco perché ti manca il cibo americano.»

«È davvero delizioso,» concordò la donna che ora sapevo essere Ebe. Mi voltai verso di lei, ignorando deliberatamente la dea della discordia.

«Mi chiedevo se potessi dirmi, Ebe, in che modo ti rappresenta la fontana,» le chiesi cordialmente.

«Oh, è la fontana della giovinezza,» rispose allegramente. «Forse un indizio un po' sibillino, ma sono felice che tu l'abbia capito.»

«Grazie,» le dissi, e immersi senza entusiasmo il cucchiaio nel mio yogurt. Il mio appetito era svanito. «In realtà non l'ho capito, ma ero certa non fossi tu quella incrinata.» Ci fu un sussulto collettivo e alzai lo sguardo, fissando gli occhi dritti su Eris. La sua espressione era cupa, le labbra contorte in un ringhio e lo sguardo velenoso.

Una settimana prima, uno sguardo del genere mi avrebbe terrorizzata. Una settimana prima, avrei dovuto strisciare e scusarmi per quello che avevo detto. Diamine, una settimana prima non l'avrei detto neanche.

Ma avevo chiuso con la me del passato.

Ero arrabbiata, spaventata e stufa di essere usata come una marionetta rotta per il divertimento degli altri, e l'unica persona con cui potevo prendermela al momento era la bulla dall'altra parte del tavolo. Quindi l'avrei fatto.

«Hai ragione, sono io quella incrinata,» disse Eris, con la voce che era quasi una carezza. «Non hai idea di quanto lo sia. E di quanto mi piaccia distruggere gli altri.»

«Invece un'idea ce l'ho,» le dissi. «Ho incontrato molte persone come te. Diamine, ne ho incontrate parecchie da quando sono qui.»

«Oh, piccola e ingenua Persy. Temo che ti sbagli. Non hai ancora incontrato nessuno incasinato come me. Beh, con un'unica eccezione, visto che sei in lizza per sposarlo. E questo cosa ti rende?»

Mi misi improvvisamente sulla difensiva. Ade non era un bullo. Poteva essere piuttosto spaventoso, ma non era come lei, o Minte, o Erebo, o Zeus. *Sapevo* che non lo era. Aprii la bocca per risponderle, ma il buonsenso mi salvò appena in tempo. Ero la padrona di casa del ballo. Ed Eris era astuta quanto crudele, o così pareva. Sapevo cosa stava cercando di fare e non avrei permesso che mi spingesse a fare una scenata alla mia stessa festa. Non le avrei permesso di vincere.

«Questo mi rende un fottuto mistero,» le risposi sorridendo e mi alzai in piedi, spingendo indietro la sedia. L'intera sala si girò verso di me e io sollevai il bicchiere prima che Eris potesse dire un'altra parola.

«È ora delle danze!» annunciai a gran voce, e stavolta ricevetti un vero e proprio applauso, invece di quello patetico che mi aveva accolta dopo aver salvato la vita di due persone. Avevo bisogno di un po' d'aria, ma in questo stupido luogo sotterraneo non c'era nessun posto dove andare, nessun posto dove respirare. La claustrofobia cominciò a farsi sentire e le regole stabilite all'inizio della serata riecheggiarono nella mia testa. *'Non si può lasciare il ballo.'* Ero bloccata qui, con tutti questi pazzi. Il cuore cominciò a battermi forte nel petto, il respiro si fece troppo corto. *Resta calma, non dare di matto*, mi dissi mentre i miei occhi si muovevano veloci per la stanza. Doveva pur esserci un angolo tranquillo in cui potermi nascondere. Camminai verso la parete più lontana, quella opposta alle clessidre, sorridendo a tutti quelli che incrociavo, mentre il sudore cominciava a scorrermi lungo la schiena via via che l'ansia aumentava. Mi fermai solo quando trovai una zona in cui le colonne sembravano più vicine e, per un misericordioso momento, non riuscii a vedere nessuno. Mi appoggiai con sollievo al marmo fresco della colonna più vicina, prendendo un lungo e lento respiro. Probabilmente avevo solo pochi minuti prima che arrivasse qualcuno, ma ne avrei approfittato comunque. Avevo solo bisogno di un paio di minuti per rimettermi in sesto, tutto qui.

Se non pensavo troppo al fatto che ero intrappolata sottoterra con un gruppo di assassini ben vestiti, allora ero a cavallo. Ma, non appena la consapevolezza della mia impossibilità ad andarmene si fece strada tra i pensieri positivi con cui cercavo di riempirmi la testa, la stanza sembrò chiudersi nuovamente su di me. Quando mi capitava a casa e l'ambiente circostante mi opprimeva, facevo quello che faceva chiunque: uscivo. Prendevo aria. Aria. Solo qualche boccata d'aria fresca per schiarirmi le idee. Ma anche una cosa così semplice, quaggiù, era irraggiungibile.

«Stupido, stupido posto,» sibilai ad alta voce. «Come cazzo fa un posto a non avere un esterno?»

«Te l'ho detto, c'è un esterno. Ci sei stata.»

La voce di Ade mi fece sobbalzare e per una frazione di secondo pensai fosse nella mia testa, ma poi il fumo scuro mi vorticò davanti.

«Sì, su un fottuto ponte invisibile! Che razza di stronzo può inventarsi una cosa del genere? E quell'esterno fa schifo, non cresce nulla e non c'è nemmeno un alito di brezza!» Sputai fuori le parole prima che potesse materializzarsi completamente, sentendomi più coraggiosa adesso che non lo vedevo bene.

«Non abbiamo bisogno di brezza,» rispose alla fine Ade con un tono leggermente sulla difensiva, mentre il fumo smetteva di incresparsi e la sua forma umanoide si completava. La sua voce non era per niente viscida.

«Beh, io sì,» mormorai, abbassando lo sguardo arrabbiato sul pavimento. Era iniziato un ritmo pulsante, l'orchestra melodica era stata sostituita da una musica che ricordava molto di più il mio mondo.

«Sei arrabbiata?» mi chiese alla fine Ade.

«Sì. Sì, sono arrabbiata.»

«Perché? Stai andando bene.» Alzai lo sguardo, cercando i suoi occhi in mezzo al fumo mentre lacrime calde cominciavano a bruciare i miei. Maledissi il mio corpo per aver scelto di sfogare la frustrazione in quel modo. Le lacrime non mi avrebbero aiutata, mi avrebbero solo fatta sembrare più debole.

«Chi è lei?» chiesi, con la voce appena udibile.

«Chi?»

Gli lanciai uno sguardo torvo.

«Chi? A chi cazzo credi mi stia riferendo? La donna che avete quasi ucciso per divertimento!»

Si voltò per guardare la clessidra in lontananza.

«Non lo so,» disse alla fine. Rimasi a bocca aperta, con lo stomaco in subbuglio.

«Non lo sai? Ti sarebbe importato se fosse morta?»

«No. Non la conosco.»

Scossi la testa, cancellando l'ultima briciola di tolleranza che nutrivo per quel posto.

«Che problema avete? Come potete essere così egoisti, così insensibili, così... assassini?»

Il fumo tremolò e vidi un lampo d'argento. Quando parlò, tornò il gelo e, insieme a esso, anche le immagini dei serpenti che mi invasero la testa, facendomi accapponare la pelle.

«Stai parlando al Signore degli Inferi Il Signore dei Morti. Antico e onnipotente, testimone di gesta che non puoi nemmeno immaginare.» Mi ritrassi involontariamente contro la colonna mentre la forma fumosa cresceva. «Se avessi vissuto quello che ho vissuto io, se avessi visto le cose che i miei simili si sono fatti l'un l'altro, che hanno fatto a chi li circondava... avresti un'opinione diversa.»

Lo fissai. Stava dando la colpa agli altri dèi?

«Quindi non sei barbaro come loro?» sussurrai.

«Oh, sì, Persefone. Lo sono. Anzi, sono peggio di molti di loro.» Mi tornarono in mente le parole di Eris. *Non hai ancora incontrato nessuno incasinato come me. Beh, con un'unica eccezione, visto che sei in lizza per sposarlo.*

«Perché? Ti... piace la morte?» Riuscii a malapena a pronunciare quelle parole. Sapevo di non voler sentire la risposta. Ade si mostrò nella sua forma solida così rapidamente che non me ne accorsi.

«Non ho mai chiesto questo ruolo, eppure è mio. E io lo assolverò.» Cosa voleva dire?

«Non è una risposta.» Ci fu una lunga pausa, e giuro che riuscivo a sentire il cuore che mi batteva forte sopra la musica.

«No,» disse lui alla fine, la voce calma e la rabbia attenuata. «Non mi piace la morte. Ma è il mio mondo. È ciò che sono stato costretto a diventare. Se fossi sensibile a essa come voi umani, sarei davvero un pessimo re.»

Mi accigliai, raddrizzandomi leggermente contro la colonna.

«Voi umani...» ripetei. «Ma prima non ero umana.» La claustrofobia mi assalì nuovamente, la sensazione di essere separata da una parte di me si fece strada tra i miei pensieri. «Non posso essere stata indifferente alla morte come lo sei tu. Non posso.» Sentivo il tono implorante della mia voce e in quel momento capii di cosa avessi paura, cosa temevo ancor più di lui e di questo mondo.

E se un tempo fossi stata come questa gente?

Era il mondo da cui provenivo, quest'uomo una volta era mio marito. Avevo mai trovato divertente la sofferenza del prossimo? Mi sentii male mentre fissavo il volto di Ade, e una singola lacrima mi sfuggì dall'occhio per rigarmi la guancia.

All'improvviso, dal punto in cui si trovava balzò fuori del fumo, e subito dopo mi ritrovai in una bolla nera e nebulosa. Mi guardai rapidamente intorno, consapevole di non poter sentire più la musica o qualsiasi altra cosa, né potevo vedere oltre la spessa barriera di fumo che ci circondava.

«Cosa—» iniziai, ma le parole mi rimasero bloccate in gola quando posai lo sguardo su Ade. *Era lui.* Il vero lui, sotto il fumo. Mi si mozzò il fiato e la disperazione mi invase mentre fissavo il suo volto, i suoi occhi d'argento. *Casa. Lui era casa mia. Lui era mio.*

Scossi la testa, cercando di cancellare le parole che mi rimbalzavano nel cervello.

«Non sei mai stata crudele, Persefone. Eri giusta e gentile e io...» si interruppe, con la tristezza disperata che gli dipingeva il bel viso. Mi avvicinai a lui prima che potessi evitarlo, e lui sollevò una mano per cingermi la guancia. Lentamente, passò il pollice sulla mia pelle per asciugare la mia lacrima solitaria. Al suo tocco, una scossa elettrica mi attraversò il corpo. Il suo tocco era caldo nonostante mi aspettassi, per qualche motivo, che fosse freddo. La frustrazione si fece di nuovo strada dentro di me. Sapevo così poco e avevo bisogno di saperne di più.

«Odio questo posto,» sussurrai e lui trasalì. «Ti prego, ti prego, fammi capire che un tempo questa era casa mia. Perché so che lo era. So che tu lo eri.»

«Non è sempre stato così. Lo era prima del tuo arrivo, e lo è stato di nuovo dopo che te ne sei andata. Ma quando eri qui...» I suoi occhi trafissero i miei. «Hai portato luce e vita in un luogo dove pensavo non potessero esistere.» Parlò con voce roca, e le sue parole si infransero su tutta l'armatura mentale che avevo costruito da quando ero arrivata all'Olimpo.

Mi amava. Lo vedevo sul suo volto, lo sentivo nella sua voce rotta, nel suo tocco elettrico. Tutto quel tempo, tutti quegli anni da sola a New York e qualcuno, da qualche parte, mi amava così tanto. E io non l'avevo mai saputo.

VENTICINQUE

Fissai Ade con la testa che mi girava. Era un dio. Il Re degli Inferi, Signore dei Morti, e mi aveva appena asciugato una lacrima dalla guancia.

«Luce e vita,» ripetei, con lo stomaco che si riempiva di farfalle. «Sono queste le cose che volevi qui, in questo posto?»

«Non all'inizio. Volevo solo te.» Il desiderio mi attraversò il cuore a sentire quelle parole, e vidi nei suoi occhi una luce nuova. «Dannata Afrodite,» mormorò. Sollevai le sopracciglia e lui sospirò. «La sua musica, il suo potere. Lo fa sempre durante i balli, e il fumo può tenere lontano l'effetto solo fino a un certo punto. È potente.»

«L'amore è potente,» mormorai. Un angolo della sua bocca si incurvò verso l'alto.

«Vedi? Questo è il suo potere. Ci rende entrambi... teneri.»

«Teneri?» Era l'ultima parola che avrei usato per descriverlo. Indossava gli stessi vestiti dell'ultima volta in cui l'avevo visto: un paio di jeans e una camicia nera aperta sul collo. La sua pelle brillava e io volevo toccarla più di ogni altra cosa al mondo.

«Sì. Teneri e... appassionati. È quello che fa.» Inclinai la testa di lato, cercando di cancellare l'immagine di lui che si sollevava la camicia sulla testa esponendo il petto muscoloso.

«E *tu* cosa fai?»

«Questa è una bella domanda.»

«Non risponderai a nessuna delle altre, perciò...»

«Non è giusto. Ho già risposto a un sacco di domande.»

Profumava di fuoco e di legna arsa.

«Odori di falò,» gli dissi.

«Ti piace?»

«Sì.» Mi avvicinai a lui, con il ritmo della musica che mi avvolgeva e i fianchi che cominciarono a ondeggiare di propria iniziativa. «Non mi piace il fatto di non aver controllo sul mio corpo, però.»

«Il potere di Afrodite non ti farà fare nulla che tu non voglia già fare,» disse a bassa voce. Alzai lo sguardo sul suo viso. Ora i suoi occhi erano vivi, affamati, profondi e splendenti, mozzafiato. Lentamente, allungai una mano e gli accarezzai la mascella. Un brivido mi attraversò tutto il corpo, tendendomi ogni muscolo e facendo sì che il calore si accumulasse in modo delizioso dentro di me. Lo volevo. Più di quanto avessi mai desiderato qualcosa in vita mia. Tirò un respiro affannoso, poi poggiò una mano sul mio viso per sollevarlo verso il suo. Le nostre labbra si incontrarono e le fiamme mi avvolsero il cuore. Il piacere mi inghiottì quando la sua lingua serpeggiò tra le mie labbra, e il desiderio diventò così forte da farmi fisicamente male, prendendomi completamente. Spinsi le mani tra i suoi capelli per tirarlo a me, desiderosa di scoprire che sapore avesse. Mi misi in punta di piedi per avvicinarmi il più possibile a lui, premendo con forza il corpo contro il suo. Il suo braccio mi avvolse la schiena e poi mi sollevò, allontanando le labbra dalle mie per baciarmi freneticamente lungo la mascella fino alla gola. Rovesciai la testa all'indietro mentre stringevo le gambe attorno alla sua vita, preda del piacere del suo tocco che mi faceva tremare. Ondate di desiderio mi percorrevano le cosce e non riuscivo a ragionare, intanto che intrecciavo le dita nei suoi capelli e le sue labbra risalivano il mio collo.

«Mi sei mancata,» mormorò sulla mia pelle. «Per gli dèi, quanto mi sei mancata.» Mi sfuggì un lieve gemito, anche se una parte di me inveiva contro il fatto che non mi stava baciando per la prima volta ma non ricordavo di averlo mai fatto prima.

«Ho bisogno di te,» ansimai. Ed era vero. In quel momento, avrei fatto qualsiasi cosa al mondo per sentirlo dentro di me, per fondere il suo corpo con il mio, per trovare uno sfogo a questo feroce desiderio.

All'improvviso si tirò indietro, i suoi occhi leggermente eccitati incontrarono i miei.

«Ma tu non mi ami.» Lo fissai. Il desiderio che provavo per lui era profondo come nessun altro sentimento che avessi mai provato, ma chiamarlo amore? No, non lo amavo. Lo conoscevo appena. E quello che sapevo era contraddittorio e confuso. Evidentemente avevo preso una pausa troppo lunga, perché la sua espressione si indurì e mi sollevò dalla sua vita per poggiarmi a terra sulle gambe tese. La confusione mi attraversò. «Certo che no. Non sei la donna che ho sposato, sei una persona nuova.»

Sbattei le palpebre, la mia reazione fisica all'effetto

che mi faceva rendeva impossibile elaborare correttamente le sue parole.

«Sono Persefone,» dissi a fatica.

«Non dobbiamo farci questo. Non puoi restare qui e questa sarebbe una follia.»

«Cosa?» Mi sentivo come se mi avessero dato un pugno nello stomaco, una sensazione di vuoto, di perdita e rifiuto che faceva aumentare la rabbia dentro di me, aumentata dalla passione che ancora mi accelerava il battito. «Sei arrabbiato con me perché ti amo? Un uomo che ho appena conosciuto? Un uomo circondato dalla morte?»

Le sue labbra si schiusero e qualcosa di nero gli lampeggiò negli occhi d'argento. Feci un passo indietro prima di rendermene conto, la peluria sulle braccia mi si rizzò mentre la temperatura precipitava. *Fa freddo quando spavento di proposito*, mi aveva detto.

«E questo, piccola umana, è il motivo per cui non puoi restare,» sibilò. E intendo dire che sibilò davvero, come se fosse un rettile. Il fumo scuro che ci circondava si gonfiò improvvisamente e si ritirò di nuovo verso di lui, lasciandomi colpire dalla musica e dai suoni della festa.

«Ade!» urlai, ma era troppo tardi. Era svanito.

Il desiderio e la tensione accumulati mi squarciarono, e contenni a stento l'urlo che cercava di uscire dalla mia gola mentre Ecate incespicava verso di me.

«Conosco quella bolla di fumo,» farfugliò. «Tu e Ade ve la stavate spassando,» Fece danzare le sopracciglia con uno stupido sorriso sul volto.

«Sei ubriaca?»

«Sì.»

Mi passai le mani sul viso, cercando di eliminare il sapore persistente di Ade, le piccole pulsazioni che ancora mi attraversavano e le ondate di rabbia e paura che le avevano seguite.

«Ecate, dimmi cosa è successo prima. Perché me ne sono andata? Perché gli dèi mi hanno tolto tutti i ricordi?»

«Persy, per favore–» iniziò, ma io le urlai contro, interrompendola.

«Ecate, sono seria, ne ho abbastanza!»

Aggrottò la fronte e mise una mano sul fianco.

«A un certo punto, le cose con il tuo fidanzatino si sono incrinate,» disse alla fine. Digrignai i denti, l'esasperazione faceva sembrare il mio corpo troppo piccolo per contenere tutto quello che stavo provando. Ero pronta a esplodere, cazzo.

«Dimmi. Cosa. È. Successo.» Sputai fuori le parole una per una ed Ecate fece una smorfia.

«E va bene. Ma se Ade–» le sue parole vennero improvvisamente interrotte dal suono del gong.

«No! No, no, no!» La voce del commentatore fece breccia nella mia furia.

«Tutti pronti per la terza e ultima prova? Questa è davvero bella, ve l'assicuro! Dov'è la nostra bella signora? Vieni qui, Persefone!»

Chiusi gli occhi, cercando disperatamente di rallentare il battito cardiaco, di calmarmi. Un altro test. Solo un altro. Dovevo farlo, o qualche povero bastardo sarebbe annegato nella sabbia. Ma, dopo quello, non mi sarei arresa finché qualcuno non mi avesse detto quello che avevo bisogno di sapere.

Camminai lentamente e serenamente verso il centro della sala, cercando di incarnare l'esatto contrario di come mi sentivo realmente. Una nuova clessidra era apparsa accanto alle prime due. Era grande come la prima, ma al momento vuota. La osservai. *È per questo che non puoi amarlo*, mi ricordai. Non gliene frega niente se qualcuno muore. *Però vuoi ancora scopartelo*, mi disse l'altra parte di me. Stupida attrazione per il cattivo ragazzo di turno. Tuttavia, sapevo, nel profondo, che si trattava di molto più di questo. Non avevo mai provato nulla di così intenso in vita mia.

«Allora, sei pronta?» mi chiese il commentatore, da dove si trovava vicino alla clessidra. Gli rivolsi un cenno di assenso. Non importava nulla se non lo fossi. «Per la terza prova–» cominciò, ma un fragoroso schianto fece passare inosservate le sue parole, poiché tutti prestarono attenzione alla fonte del rumore. Dall'oscurità che Erebo aveva sorvegliato in precedenza, giunse un lampo arancione e un urlo lontano. *Un incendio in cucina,* fu il mio primo pensiero, ma poi ricordai che mi trovavo in un mondo di dèi e di magia. Gli incendi in cucina non avrebbero causato tutto questo scompiglio, no? Ci fu un altro lampo di fuoco, poi un uccello sbucò dalle ombre e non fui l'unica a sussultare.

La sua apertura alare era enorme, circa tre volte la mia taglia, ma non era questo attributo a catturare maggiormente l'attenzione. L'intera creatura era in fiamme. Mi accorsi che non si trattava affatto di un uccello, ma di una fenice. Con un possente battito d'ali, tutte le tovaglie nelle sue immediate prossimità presero fuoco e le persone si scansarono. Ci fu un lampo bianco e, all'improvviso, apparve la forma fumosa di Ade al centro della sala, con un braccio teso in alto. La fenice si bloccò a metà del battito d'ali e mi balzò il cuore in gola.

«Che senso ha tutto questo?» ruggì Ade, con la sua

fredda voce sibilante. «Non era questa la Prova che avevamo concordato!» Ci fu un altro lampo bianco e Zeus apparve accanto a lui, con gli occhi animati da crepitanti lampi viola.

«Oh, ma questo è molto, molto meglio! Sembra che ci sia un'intrusione, fratello maggiore. Ti proibisco di farti coinvolgere,» sogghignò. La temperatura precipitò.

«Mi proibisci di occuparmi degli intrusi nel mio stesso regno? Chi ti credi di essere?» sibilò Ade.

«Sono il tuo Re,» rispose Zeus, ingrandendosi velocemente fino a sovrastare Ade. «Riempire la clessidra! La nuova prova di Persefone consiste nel liberare i suoi ospiti da questa peste!»

«Cosa?» esclamai, e mi sporsi per vedere una piccola forma nella clessidra. Giuro che il mio cuore smise di battere per un secondo quando riconobbi la figura.

Era Skop.

VENTISEI

«Non potete aspettarvi che combatta contro quella cosa, sono umana!» urlai, voltandomi verso le due divinità, con la fenice ancora congelata a mezz'aria alle loro spalle.

«Sei un'umana che compete per diventare una regina immortale. Farai ciò che ti viene ordinato,» disse Zeus con gli occhi stretti a fessura e un ghigno sulle labbra.

«Fratello, questo è troppo!» Le parole di Ade erano tinte da una punta di disperazione e il sorriso di Zeus svanì per un attimo quando si voltò verso di lui.

«Sei tu che hai esagerato, Ade,» disse a bassa voce, e la paura mi attanagliò le viscere mentre la tensione tra i due dèi cresceva, come si evinceva dai loro sguardi velenosi. Zeus non si sarebbe tirato indietro. Avrei dovuto uccidere una fenice prima che Skop fosse annegato nella sabbia. La mia gola sembrò chiudersi al pensiero della morte del kobaloi, uno strano calore mi bruciò nuovamente il retro degli occhi. Sarebbe morto per colpa mia, perché avevo scelto la sua piuma. Non era giusto, lui non aveva fatto nulla di male. Il suo lavoro consisteva nel far ridere la gente, dannazione, perché doveva essere punito solo perché mio amico?

'Mi dispiace,' gli dissi col pensiero, disperata, sapendo che non poteva sentirmi, eppure pervasa dal desiderio di dirglielo. 'Mi dispiace, Skop.'

'*Non cominciare a scusarti. Tirami fuori di qui, cazzo!*' rispose la sua voce disperata.

'Skop! Non sei svenuto?' Mi voltai a guardare la clessidra in cui sembrava stesse dormendo profondamente in forma di gnomo nudo.

'*È dannatamente difficile mettere fuori combattimento uno spiritello. Il mio corpo è inutile, ma non si può tenere a bada a lungo un cervello come il mio.*' Il mio cuore si gonfiò a sentire quelle parole di sfida e la determinazione prese a duellare con la paura che mi aveva invasa. Un lampo luminoso mi fece voltare di nuovo: apparve anche Era, tra Ade e Zeus, regale e splendida con la sua piuma di pavone.

«Basta,» disse, la voce melodica e rilassante. «L'Olimpo ci guarda e noi abbiamo promesso loro dell'intrattenimento. Buona fortuna, Persefone,» disse lei, e poi i tre svanirono contemporaneamente. Sbattei le palpebre alla luce intensa, poi un'ondata di calore mi investì mentre la fenice si liberava dall'incantesimo di Ade e le sue enormi ali battevano verso di me.

'*Spostati, spostati, spostati!*' La voce di Skop mi spronò all'azione, l'iniezione di adrenalina, così tanta da farmi sentire male, mi attraversò tutto il corpo e donò alle mie gambe una velocità che non sapevo di avere. Tutta la tensione repressa nata da quel momento con Ade sembrava essersi riversata nei miei muscoli, e mi sentivo forte mentre correvo verso l'area del palco, il più lontano possibile dall'uccello. La creatura emise un grido stridulo e prese a battere più forte le ali, sollevandosi in alto verso il soffitto cavernoso della sala. Cosa stava facendo? Impiegai i pochi secondi di vantaggio che avevo per studiarla, alla ricerca di eventuali segni di debolezza, Aveva un aspetto feroce, con un becco adunco giallo brillante e occhi dello stesso colore. La maggior parte del corpo era rosso scarlatto e le fiamme che si sprigionavano dalle sue ali piumate bruciavano di un colore arancione, sfumato fino a una punta quasi bianca. Si raddrizzò in volo, rivolgendosi verso di me, con le massicce piume della coda puntate verso il basso e le fiamme che danzavano da essa verso il suolo. Gli ospiti si stavano sparpagliando per la sala, molti dei quali brillavano di colori diversi, e supposi che stessero richiamando i loro poteri, pronti a difendersi se necessario. Nessuno, però, sarebbe stato in grado di aiutarmi. E io non avevo alcun potere. Lentamente, scostai la gonna e tirai fuori *Fosforo* dal fodero che avevo sulla coscia. Era comodo impugnarlo ma, non appena lo alzai verso l'enorme uccello fiammeggiante, la mia positività andò in picchiata. Come cazzo avrei fatto a usare un'arma del genere su quella cosa? Una piccola parte del mio cervello si fece sentire, dando voce al pensiero che cercavo di ignorare. *È troppo bello per ucciderlo.* Uno scheletro senza cervello era una cosa, ma questo? Era dannatamente magnifico. E, a dire il vero, in quel momento era rimasto sospeso in aria, mi fissava e non mi stava facendo alcun male. Perché avrei dovuto ucciderlo?

'Ciao,' lo chiamai col pensiero, cercando di non sentirmi stupida. Sentii una risata da qualche parte nella stanza. Probabilmente apparteneva a quella strega tettona di Eris. La fenice batté le ali. 'Per favore, potresti andare via?' chiesi, il più educatamente possibile. Stavolta sentii una risata più forte, di una voce maschile. Gli occhi della fenice divennero improvvisamente neri come l'inchiostro appena prima che una voce rimbombasse nella sala.

«Hai pensato di poter tornare qui, dopo tutti questi anni, e che tutto si fosse aggiustato? Che saresti stata perdonata?»

Mi sembrava di star stretta nella mia stessa pelle, il terrore gelido mi serpeggiava dentro. Questa persona era qui per me. E sapeva qualcosa di cui io, invece, ero all'oscuro.

«Non so di cosa tu stia parlando,» gridai. «È la prima volta che vengo all'Olimpo.»

«Menzogne! Meriti di marcire nel Tartaro per quello che hai fatto!»

«Non so di cosa tu stia parlando!» Non riuscii a evitare che la mia voce si tingesse di paura. Il mio terrore non era per la bestia davanti a me o per il proprietario della voce, ma per le parole che stava pronunciando. *Cosa avevo fatto?*

Ci fu un latrato di rabbia e, quando parlò di nuovo, la sua voce era un sibilo incredulo.

«Se quello che dici è vero allora gli dèi, anziché punirti per i tuoi crimini, ti lasciano bere dal fiume Lete per dimenticare il tuo passato? L'ingiustizia è senza pari!» L'ultima frase fu pronunciata così forte che mi coprii involontariamente le orecchie con le mani. La fenice emise un altro penetrante stridio, poi si tuffò verso di me.

'Devi trovare chi controlla la fenice e ucciderlo, non puoi fermare l'uccello!' La voce di Skop mi risuonò in testa mentre iniziavo a correre.

'Non puoi parlarmi, mi squalificheranno e poi ti uccideranno!' gli dissi freneticamente. Non ci fu risposta e per un attimo mi chiesi se non avessero già fatto ciò che temevo. Sbandai mentre mi giravo, con la fenice che mi ruggiva alle spalle e un calore bruciante che mi lambiva la pelle. Mi precipitai verso la clessidra, confermando i miei peggiori timori man mano che mi avvicinavo. La sabbia cadeva così velocemente che Skop sarebbe morto prima che la raggiungessi. Con un urlo, ritrassi il braccio che teneva Fosforo e lanciai il pugnale contro il punto centrale, il più sottile della clessidra, laddove si incontravano le due metà. Il suono del metallo sul vetro fu seguito da un'esplosione di schegge e fui attraversata dal sollievo. Come avevo sperato, ero riuscita a colpire la parte più debole della struttura, e adesso la sabbia sgorgava dalla clessidra rotta sul pavimento. Skop rimase accasciato all'interno, ma la sua testa era libera dalla sabbia: poteva respirare. Mi abbassai quando lo raggiunsi, fermandomi solo il tempo necessario per raccogliere il mio pugnale tra i pezzi di vetro rotti, poi deviai alla mia destra. Non potevo preoccuparmi di come avrebbero reagito gli dèi alla rottura di quel timer di sabbia, avrei potuto affrontare le conseguenze più tardi.

Un'altra vampata di calore mi avvertì della vicinanza dell'uccello, portandomi a scrutare disperatamente la stanza intanto che correvo. Skop aveva detto che qualcuno controllava l'uccello, ma chi? C'erano circa ottanta persone, al ballo. Poteva essere Eris, o Minte, o Erebo? Tutti loro mi avevano reso chiaro che non gli piacevo. Ma quella voce... Così piena di odio e rabbia non repressa – nessuno di loro avrebbe potuto interagire con me per tutta la sera e poi esplodere in questo modo, sicuramente.

I miei occhi furono attratti dagli ospiti che emettevano una debole luce, e ce n'erano parecchi, che si scansarono frettolosamente mentre io attraversavo la stanza con la gonna che si sollevava e la fenice alle calcagna. Passai davanti a Eris, raggiante con un'aura rosso intenso che le crepitava intorno. Anche se non era stata lei l'autrice di tutto questo, si stava godendo lo spettacolo. Superai Ecate, ancora in piedi dove l'avevo lasciata, in fondo alla stanza. Emanava un'aura color porpora, gli occhi bianchi come il latte. Cosa stava facendo?

'*Le ombre. Lui è nelle ombre.*' La voce era flebile, ma apparteneva a Skop.

'Come lo sai?' dissi, cambiando rotta per dirigermi verso le cucine che avevo visitato prima. Non ci fu risposta. Più mi avvicinavo, più vedevo scintille gialle spezzare l'oscurità, e sollevai di nuovo il braccio col pugnale. Tuttavia, dovevo aver rallentato, perché il dolore mi attraversò il polso e per poco non feci cadere *Fosforo* quando alzai lo sguardo. La fenice aveva i suoi artigli affilati intorno al mio braccio e l'aria abbandonò i miei polmoni mentre venivo sollevata. Cercai di allungare l'altra mano per rimuovere gli artigli in tempo, ma l'uccello svoltò di lato e venni sbalzata dalla parte opposta. Ci stavamo spostando più in alto, e guardai in basso verso le ombre. Le scintille gialle stavano diventando più luminose, e notai che da esse stava emergendo una figura. Era un uomo dall'aspetto ordinario, se non fosse stato per la sete di sangue nei suoi occhi. Il potere che lo circondava poteva essere fuoco, energia o elettricità, non ne ero sicura, ma gli crepitava brillante lungo la pelle, saltando e danzando da essa come le fiamme della fenice.

«È ora di morire, Persefone.»

Sollevai il braccio libero per passare il pugnale dalla mano immobilizzata all'altra, e lo conficcai più forte che potei nell'enorme artiglio dell'uccello. La creatura non reagì. Affrettandomi a pensare, ritirai le gambe e cercai di spingermi con forza per lanciarmi più in alto. Funzionò, donandomi qualche prezioso centimetro in più per colpire la parte di gamba infuocata appena sopra l'artiglio nero. Con un urlo stridulo, la cosa rilasciò il mio braccio.

Merda, fu l'unica parola che mi passò per la testa mentre cominciavo a cadere, e la ripetei più e più volte finché non mi schiantai contro un tavolo. Il legno si scheggiò e si piegò sotto il mio peso, e per un attimo fui inghiottita dalla tovaglia, incapace di vedere l'ambiente intorno a me. Rotolai, rantolando per recuperare il fiato che mi era stato tolto e ringraziando silenziosamente che l'uccello mi avesse sollevata solo di un metro e mezzo da terra. Sentii il calore sprigionarsi intorno a me mentre mi rimettevo in piedi, e il panico mi invase quando vidi che la tovaglia, ancora aggrovigliata alle mie gambe, stava prendendo fuoco. Infilai Fosforo nella stoffa e la strappai rapidamente, allontanandomi a fatica da essa nel tentativo di orientarmi. Era lì. L'uomo con l'aura gialla, che camminava lentamente verso di me.

«Perché non mi affronti personalmente?» chiesi, pronunciando le parole tra un respiro affannoso e l'altro.

«Stai dicendo che sono io, il codardo? Lo stai dicendo tu, che sei scappata dal risultato delle tue atrocità?» Le sue parole sprigionavano furia, e l'energia gialla intorno a lui danzò più alta, ma l'uccello rimase dov'era.

«Non posso pagare per qualcosa che non so di aver fatto,» dissi, spostando il peso sull'altra gamba e stringendo il pugnale tra le dita. La paura che potesse dire a me e al mondo intero cosa fosse questa cosa orribile si scontrava con il bisogno di distrarlo e tenere a bada la fenice.

«Sei un'assassina,» sibilò. Le sue parole mi colpirono come una mazzata. No, non era possibile che fosse vero.

Come poteva esserlo? Non riuscivo a ferire un insetto o una pianta, figuriamoci se potevo uccidere una persona. *Non sei la donna che ho sposato, sei una persona nuova.* Le parole di Ade squarciarono la mia reticenza e la bile mi salì in gola. Per favore, no. Non poteva essere vero.

«Non ti credo,» esclamai con un nodo in gola, e l'uomo mi rispose a denti stretti.

«Me l'hai portata via. Mi hai portato via tutto ciò che amavo.» Dolore, lutto e follia riempivano i suoi occhi e non avevo dubbi che, indipendentemente dalla veridicità delle sue accuse, credesse sul serio quello che stava dicendo.

«Mi dispiace,» dissi mentre mi si avvicinava. «Se è vero, allora mi dispiace.»

«È troppo tardi per essere dispiaciuti! Se non riesci a riportarla indietro, devi morire!» L'energia gialla esplose intorno a lui e l'agonia mi consumò. Era come una scossa elettrica continua che mi squarciava i muscoli, provocando spasmi così violenti da impedirmi di stare in piedi. Tuttavia, prima che potessi cadere in ginocchio, il suo braccio scattò in avanti e mi afferrò per la gola, trattenendomi mentre sussultavo e urlavo. «Ti meriti di peggio.» Mi accorsi a malapena che respirò a denti stretti, mi avvicinò a sé e poi mi sputò in faccia, e la sua saliva prese a scivolarmi sulla guancia. Attraverso il dolore accecante, riuscii a elaborare un solo pensiero. *Fallo smettere.* Tutto il resto di me si stava spegnendo, ma il mio istinto di sopravvivenza si rifiutava di arrendersi. Il mio braccio si sollevò, centimetro dopo centimetro. Mentre gli occhi dell'uomo si accendevano di vendetta e il dolore si intensificava a tal punto da offuscarmi la vista, seppellii Fosforo nelle sue costole.

VENTISETTE

Mi lasciò cadere con un grido gorgogliante, e io sbattei le ginocchia sul pavimento con un colpo secco che a malapena percepii. Caddi in avanti sulle mani, mentre mi cominciava a tremare lo stomaco. Non sapevo se quel malessere era dovuto al dolore o al fatto che avevo appena pugnalato un uomo, la testa mi girava troppo velocemente per capirlo. Cercai di riprendere fiato tra un conato e l'altro, e il dolore si attenuò nonostante la vista ancora offuscata. *Assassina.* Mi aveva chiamata assassina. Non potevo esserlo eppure... Avevo appena cercato di ucciderlo. *Stava per ucciderti!* La voce razionale nella mia testa cercò di soffocare il senso di colpa e la paura, ma non ci riuscì. Non potevo vivere con me stessa, non potevo respirare sapendo di essere il motivo per cui qualcun altro, invece, non poteva più farlo. *Ti prego, ti prego, fa' che non sia morto,* pregai, girando lentamente la testa verso di lui. Era supino, con il sangue rosso scuro che si accumulava sotto un fianco. Strisciai verso di lui, con le lacrime che mi riempivano gli occhi.

«Mi dispiace, mi dispiace, mi dispiace.» Le parole mi

uscirono rapidamente dalla bocca, ormai invasa da un sapore acido. Lui gemette e io mi bloccai. Poi si mosse, rotolando sul fianco sano. *Era vivo.* Grazie agli dèi, era vivo. Mi sedetti sui talloni, lasciando che le lacrime mi sgorgassero sulle guance. «Che cosa ho fatto?» gracchiai. «Dimmi, chi ti ho portato via?»

«Mia moglie,» rispose lui, con voce roca. «Hai ucciso mia moglie.»

Una luce brillò così forte che il dolore mi attraversò di nuovo la testa, e per un attimo fui sicura di essere sul punto di svenire. Avevo raggiunto il mio limite.

«No!» urlò una voce femminile, e sbattei furiosamente le palpebre cercando di cancellare le lacrime e la confusione dagli occhi. Lentamente, misi a fuoco la stanza.

Atena era in piedi davanti a noi, di fronte a Ecate e Ade nella sua forma fumosa. L'energia violacea continuava a contornare Ecate, mentre Ade era tre volte più grande del normale e il suo fumo sembrava vibrare.

«Devi essere giudicata, Persefone. La Prova è finita,» disse Atena, la sua voce come un balsamo per il mio dolore, un calmante per la mia mente. I tre giudici si materializzarono dolcemente davanti a me.

«Ma che ne sarà di lui? Dovete aiutarlo!» Indicai disperata l'uomo che sanguinava sul marmo. Il fumo di Ade tremolò e Atena mi sorrise, agitando la mano verso l'uomo. «Arriverà anche il suo giudizio, ma per il momento è al sicuro.»

«Aspetta, cosa vorrebbe significare?» le chiesi, ma la voce del commentatore rimbombò nuovamente nella sala.

«Beh, abbiamo ricevuto uno spettacolo con i fiocchi, stasera. Chi l'avrebbe mai detto, gente?» Come in risposta, la fenice batté le ali e si sollevò ancora, sovrastando tutti gli ospiti. Spettacolo? Questa follia era considerata uno spettacolo? «Ora, vediamo cosa pensano i giudici delle azioni controverse di cui ha dato prova Persefone, stasera. Radamanto?»

«Due gettoni,» mi sorrise il giudice paffuto.

«Eaco?»

«Zero gettoni,» disse Eaco, la cui pelle blu rifletteva la luce soffusa delle torce nella sala.

«Minosse?» Lo sguardo penetrante che il saggio mi rivolse mi confuse. Rimasi a bocca aperta, facendo del mio meglio per contenere l'emozione ribollente che mi lacerava le viscere.

«Hai infranto le regole, Persefone. Hai salvato il tuo amico.»

«Non è colpa sua. Per favore, non punitelo,» sussurrai.

«Non lo faremo. Hai dimostrato lealtà, e questo è un valore più importante dell'ospitalità.» Mi guardò ancora un attimo, poi parlò.

«Due gettoni.»

Davanti a me apparve una scatola con il coperchio aperto. Era la scatola dei semi, e al suo interno c'erano altri due semi di melograno. Li fissai, poi spostai lo sguardo sui giudici. Come potevano non capire che nulla di tutto questo era importante? Avevo appena accoltellato un uomo che mi aveva accusata di aver ucciso sua moglie, e questi pazzi mi regalavano dei cazzo di semi di melograno?

«Ridatemi i miei ricordi,» dissi, con voce più forte e chiara di quanto mi aspettassi.

Minosse mi rivolse un sorriso appena accennato, dopodiché i tre giudici svanirono.

«Ecco a voi, gente! È la fine del primo round delle Prove dell'Ade e Persefone non solo è ancora viva, ma ha anche più gettoni di quanti ne avesse l'attuale favorita alla fine del suo primo turno. Chi l'avrebbe mai detto! Per il secondo round, visiteremo un nuovo regno, e so che vi piacerà da morire!» Il commentatore svanì e Atena si fece avanti.

«Ade, puoi occuparti del tuo intruso.»

«Aspetta–» iniziai a dire, ma all'improvviso la temperatura precipitò e mi ritrovai sulle ginocchia, insieme a tutto ciò che si trovava sulla strada di Ade.

Il terrore puro mi assalì mentre il fumo vorticoso strisciava verso l'uomo ferito. Cominciarono a farsi sentire le urla e l'odore del sangue, ormai familiare, mi riempì le narici, agitando il mio stomaco già vuoto.

«Fermati!» Cercai di gridare quella parola, ma dalla bocca non mi uscì nulla. Ero bloccata contro il muro della sala da ballo e le lacrime mi sgorgavano dagli occhi mentre Ade raggiungeva l'uomo sanguinante. Con un sibilo, lanciò in aria le sue braccia fumose e l'uomo volò in alto, spruzzando sangue dalla ferita. Avevo la pelle così fredda che riuscivo a malapena a sentirla, ed ero vagamente consapevole che tutti gli altri nella sala si stavano ritirando, fondendosi con le pareti come meglio potevano. Tutti tranne Ecate.

«Ade–» lo chiamò, ma il Re degli Inferi ruggì e l'uomo urlò.

«Osi entrare nel mio regno per cercare di ucciderla?» La sua voce sprigionava così tanta potenza, così tanto terrore, così tanto pericolo che crollai su braccia e gambe. «Osi cercare di portarmela via?» L'uomo mugolò mentre si librava nell'aria, intanto che strane macchie nere mi danzavano davanti agli occhi e le urla nella mia testa si facevano più forti, le fiamme cominciavano a offuscarmi la vista.

«Per favore,» dissi, ma la parola non si trasformò in suono. Si sentirono degli scricchiolii e il mondo sembrò tremare mentre l'uomo gridava di dolore. I suoi arti si tesero come corde di violino, poi cominciarono a staccarsi dal busto. Fui attraversata da una potente nausea, seguita rapidamente da vertigini così intense che la mia testa si rovesciò da un lato.

«Ade, fermati!» Era la voce di Ecate, ma non riuscivo più a vederla. Vedevo solo l'uomo che avevo quasi ucciso e il fuoco.

«Merita di morire,» gracchiò la voce roca dell'uomo, e la sala si annerì completamente. Al rallentatore, osservai il corpo dell'uomo esplodere, la testa e gli arti volare in aria, il sangue piovere sulla forma solida di Ade. Ma non era l'Ade con cui avevo condiviso un momento di tenerezza, quella sera. Questo... questo era qualcosa che avrebbe tormentato i miei incubi finché avrei avuto vita in corpo. Enorme e imponente, il mostro davanti a me aveva occhi d'onice senz'anima e, mentre lo fissavo, onde di luce blu si sprigionavano dal gigantesco corpo ricoperto di armatura, solidificandosi al suolo sotto forma di cadaveri. Cadaveri che bruciavano. Cadaveri che urlavano.

Non riuscivo a respirare. *Non meritavo di respirare.* Una paura che non avevo mai provato mi stava schiacciando a morte, e me lo meritavo. Dovevo morire.

«Beh, speravo di vederti qui.»

Sbattei le palpebre davanti al giardino, la fontana di

Atlante che scorreva piacevolmente davanti ai miei occhi e il canto degli uccelli che scaldava la mia pelle fredda.

«Pensavo di poter venire qui solo quando dormivo,» dissi mite. Era impossibile non esserlo, in questo posto.

«Anche l'incoscienza conta, mia cara.» Inclinai la testa di lato, poi mi inginocchiai e feci scorrere le dita intorno a un croco neonato che stava sbocciando. «Non hai molto tempo prima che la rabbia di Ade ti uccida, Persefone. C'è solo un modo per sopravvivere.»

«Ho ucciso la moglie di quell'uomo?» chiesi alla voce.

«Mangia il seme, Persefone.'

Una scossa simile a un fulmine mi attraversò e aprii gli occhi trasalendo. Ero di nuovo nella sala da ballo, circondata da sangue, fuoco e corpi. Urla così forti da annegare i miei stessi pensieri mi invadevano la mente, e tutto ciò che riuscivo a vedere attraverso i miei occhi brucianti era la morte.

«Persefone!» gridò una voce. «Ade, la ucciderai!»

Chiusi a forza gli occhi per non dover guardare i cadaveri che mi circondavano. Era un'assassina? Non riuscivo a organizzare i pensieri, non riuscivo a dare un senso a nulla, paralizzata com'ero dal terrore.

Mangia il seme.

Farlo avrebbe fermato tutto questo? Aprii gli occhi e annaspai sul pavimento, indietreggiando mentre facevo scivolare la piccola scatola di legno sulla chiazza di sangue.

Mangia il seme.

Afferrai la scatola con le dita intorpidite e tremanti, mentre le urla diventavano così forti che pensavo mi sarebbe esplosa la testa. Aprii di scatto il coperchio, presi un seme di melograno e mi portai goffamente la mano alle labbra.

Mangia il seme.

Il forte odore mi fece venire i conati di vomito, ma chiusi gli occhi e respirai col naso, mentre l'odore metallico del sangue mi stuzzicava a dare di stomaco. Con uno sforzo, mandai giù il piccolo seme.

La paura si ritirò all'istante, il mio corpo si afflosciò completamente quando crollai sul pavimento freddo. Le urla svanirono, sostituite dalla voce di Ecate, forte e stridula.

«Ade, l'hai uccisa. Fermati, cazzo! Devi fermarti!»

Una calma incredibilmente pacifica si diffuse in me e sentii tutti i miei muscoli esausti rilassarsi. Era la fine. Questa era la fine. E, sorprendentemente, era più confortevole di quanto pensassi.

Qualcosa mi tremolò nello stomaco, poi salì fino al petto. Sentii il mio corpo sussultare mentre il mio cuore rispondeva alla sensazione. Una volta, due, poi tre. Dopodiché la luce, verde e vibrante, riempì la mia vista e qualcosa di incredibile mi inondò le vene, inviando energia pulsante a ogni parte del mio corpo in avaria. Qualcosa di ricco, forte e feroce. Qualcosa di alieno e familiare allo stesso tempo.

Era potere. Avevo di nuovo il mio potere.

Continua

GRAZIE PER AVER LETTO!

Grazie mille per aver letto Il Potere di Ade. Spero ti sia piaciuto! Se così fosse, ti sarei molto grata se scrivessi una recensione! Sarebbe di grandissimo aiuto: ti basterà cliccare qui e lasciare qualche pensiero per rallegrarmi la giornata :)

Inoltre, puoi ordinare il prossimo libro La Passione di Ade, qui

Se ti iscriverai alla mia newsletter su elizaraine.com, potrai ricevere in anteprima esclusiva illustrazioni, idee letterarie, oltre a racconti e audiolibri gratuiti.